天井から目ぐすり

由富章子
Yoshitomi Akiko

熊日出版

天井から目ぐすり

由富　章子

目次

はじめに

熊はいないのに、熊本県。

と、ある全国紙にエッセイを書いていて、あれっ、くまは熊でも球磨モンはいるよね、といまさらながら気がつきました。そうか、だからくまもとサプライズのキャラクターは、「くまモン」とカナ混じりのネーミングだったのか（本当のところは知らない）。頷いているところへ、今度は人吉の福司山さんから「ＪＵＮＯ（ユノ）」への原稿依頼がきたではありませんか。なんというタイミングの良さ、縁に弱いわたしだから、即座に引き受けましたよ。というわけで、まずは挨拶から。

はじめまして、玉名市で眼科医と、物書きをしている由富章子と申します。「よしとみあきこ」です。よろしくお願いいたします。

眼科医は目だけを診ていると思われがちですが、人はいざ知らず、わたしは自分を含めたヒトを診て、見て、観ているのです。顔色から動作まで、何気ない日常に目を凝らすと、ほうら、面白いもの、楽しいこと、不思議なことが、ここにもあそこにも、見つかるではありませんか。

というわけでタイトルは『天井から目ぐすり』（二階から目薬を差すともいう。意のままにならずもどかしいこと）。

昔の人は言っています。

「この世で「まま」になるのはご飯（おまんま）だけ」

ぼやいたり、喜んだり、ままならぬ世を楽しむのもまた人生の妙。どうかよろしくお付き合いくださいますように。


このエッセイ集は、人吉地域で発行されている情報誌「ＪＵＮＯ」に掲載のエッセイ「天井から目薬」をまとめたもの。２０１２年４月から２０１９年５月までの連載の中から抜粋しています。

天井から目ぐすり

おにぎり、はたまたお結び？

握り飯は「おにぎり」、それとも「お結び」なのか？

ご飯を握るからおにぎりで、手で結ぶとお結び。太宰治をはじめ、東北の人はもっぱらお結びというらしいのですが、最近はコンビニおにぎりの影響か、お結びは劣勢、おにぎりにとってかわられているようです。

わたし自身のイメージでは、三角形のものはおにぎりで、俵型だとお結びになります。原点はそう、幼稚園での初めての運動会。母が作ってくれた俵型のひと口サイズのお結びです。俵型の握りごはんは新鮮で、三角おにぎりが普段食なら、お結びはごちそう。おいしくて、うれしくて、ハレの弁当にはいつもお結びをねだったものでした。

長じてから自分でも挑戦するのですが、どうしてもあの味が出せません。三角に形は変わっても具材は同じはず、と思っていたら違いました。「おかか」です。パック入りの削り節ではなくて、鰹節をその場で削ったもの。鉛筆の削りかすみたいなポロポロのものでなくて、本物の鰹節、それにちょっと甘めの九州のお醤油がまぶしてある、手間も愛情もたっぷり詰まった握り飯だったのです。

棚の奥に眠っていた、ずしりと重い削り器を引っ張り出します。その昔、母よりもさらに料理名人だった祖母の手にかかると、鰹節は「どうぞ食べてね」と誘うかのように薄く長く削られていきました。スッコ、スコ。コツはリズムでしょうか。力の入れ具合によってある時は長く、あるときは細かく削り出す、その加減がパック入りに慣れたわたしにはどうしてもうまくいきません。

そういえば母の時代までは、出汁もタレも自分たちで調合していましたから、お味噌汁もそばつゆも、我が家の味でした。ゴマも、使う分だけパチパチ煎ってすり鉢で擂っていたので、胡麻和えだって特上の味です。鰹節もいりこも昆布も、産地と用途で使い分け、乾物が台所から途切れることはありませんでした。

人によってこだわりがあるもの、2つ目は海苔です。

母はおにぎりの蒸気でしんなりしたものが好きだったのに対して、父はぱりっとした海苔が好みです。食べる直前に巻くと海苔がくっつかないから、コンビニおにぎりと同じようになります。おにぎり＋海苔が食卓へ並んだ時は父が在宅している時、反対に不在の際には海苔巻おむすびが…。家庭の平和のためとはいえ、主婦も大変ですね。

海苔にも地域差があって、東京では海苔といえば焼き海苔、関西では味付け海苔が主流だそうですよ。九州はどちらでしょう。我が家では、海苔巻には焼き海苔を、ご飯のお友には味付け海苔を食しています。

そうそう、玉名には海苔の関係者がたくさんいらっしゃるので、皆さん、こだわりがある。生海苔はサッと炙って香りを楽しむこと、「鮮度が大事、すぐ食べて」と念を押されます。

この原稿を書いているのは5月中旬、テレビでは大相撲中継が流れています。相撲では大結びという地位はなくて、三役の最下位は小結、こちらの語源は不明だそうですよ。なにを結ぶのか、気になりますねぇ。

追記　三角だと「個」、丸いと「つ」と数えるようです。

いろはに、へちま

節電へ一直線、の夏です。

この原稿を書いているのは7月初旬。皆さんのお手元に「ＪＵＮＯ」が届くときには、計画停電の結果が出ているはずですから、いささか時期遅れの話題であることは否めませんが、今、この瞬間は、豪雨と暑さをめぐる戦いの真っ最中で、一にも二にも「どうやって夏を涼しくのりきるか」が差し迫った問題なのでした。

由富医院は東西に長い建物です。ほぼ真南の窓から差し込む日差しの、暑いこと暑いこと。たまりかねてプランターでグリーンカーテン作りを始めました。

1年目、植えるのはゴーヤと朝顔を半分ずつ。ゴーヤは茂ってくれたものの、朝顔は隙間だらけで日よけにはなりません。次の年はゴーヤの種類を増やして、再チャレンジ。そして今年は、ゴーヤにもうひとつ、ヘチマも混ぜてみました。

苦瓜（ゴーヤ）と糸瓜（ヘチマ）、どちらもウリ科なので葉の形だけみれば、瓜二つ。ややヘチマの葉のほうが色濃く、大輪の黄色の花を咲かせます。若いヘチマの実は、いがいがのない、つるりとした胡瓜そっくりで、しかもふにゃっとやわらかい。

「タワシでも作る気ですか」「化粧水の原料？」

患者さんも気になる様子。問われること度々ですが、実はね、ヘチマを炒めてくずあんをかけるとおいしいと聞いたから、どうしても食べたくなってしまったの。料理用のヘチマがスーパーに売られているのを見たことがないので自分で作るしかないですよね。

7月最初の木曜日。25センチほどに育ったヘチマを収穫。

さっと煮て、だし汁につけておひたしの完成。薄いヒスイ色、食感はつるりとしているので、黙って供すれば、なすびと間違えることでしょう。出し汁につける時間を少し長めにするのがコツのようですよ。味噌炒めもおいしそうだし、次回はマーボヘチマにチャレンジしようかな。

ヘチマ（糸瓜、天糸瓜、と瓜）は、江戸時代初期に渡来した東南アジア原産の一年草。なんて妙な名前でしょう。辞書を引くとヘチマには「つまらないもの、役に立たないもの」という意味も載っています。なによりも、「へ」を頭文字にする食材が珍しく、ほかには思いつきません。糸瓜の「と」は、「いろはにほへとちりぬるを」から始まるいろは歌の「へ」と「ち」の間にあるから、へち間という名前になったのだと聞いていました。しかし強引すぎるその説は、今では否定されているそうです。

ヒョウタンほど妙な形でもなく、苦瓜ほどの自己主張もせず、胡瓜ほどの根性もないぶらりとした格好の実がなり、乾かせばスカスカで、空気のような存在に思えるヘチマ君。しかしてその正体は、若い実は食べ物に、乾かせばたわしに化け、グリーンカーテンとしても手がかからず、水も取れる優れもの。青臭さの角が取れれば人気者になる日も遠くはないので、頑張ってね。

来年は何を植えましょうか。素人にも簡単に栽培できて、食材になるものが有難いな。読者の皆さまのアドバイスをお待ちしています。

追記　最近は夕顔も植えています。葉が大きいのでこちらのほうが日除けには向くようです。

がんばれ、ニッポン・産

頑張れニッポン、負けないで、日本。

当たり前のように応援して、日本人を再確認するのがスポーツ観戦のマジック。試技を見ているだけでも素晴らしいのに、そこへメダルが絡むと、がぜん応援に熱が入ってしまうのです。

それもこれもテレビ観戦しているだけのお気楽な視聴者ゆえで、ラジオ解説をしていた某元オリンピック選手（名前は聞きそびれた）によると、「オリンピックといっても、選手にとって戦っている相手はいつもと同じで、何も変わらない」のだそうですが、一つだけ異なるのは「注目度が高い分だけ気合が違う。だからいつもは勝たせてくれる選手も、目の色を変えてくる」「彼らには生活が懸かっている」ので、必死さは半端ではありません。

自身の名誉はもちろんのこと、勝てば家族も親戚一同も、出身地の村も潤う、一生食べていけるほどの年金をもらえる、それだけでもプレッシャーが大きいのに、そのうえ国家まで背負うとなると、わたしならば「いや、そこまではとても」と逃げ出したくなってしまうでしょう。幸か不幸か、そんな大役を担ったことがないので、「ほら、どうした、しっかりしないか」などと無責任な観戦ができるわけです。

それにしても最近の日本は旗色が悪いですよね。工業製品だけではありませんよ。足元の、ほら、そこの地面も池も森も、外国勢のまえに在来種は防戦一方。昭和にはあった古き良き日本の面影が失われつつある現実に、愕然としています。

裏の土手に生えていたノビルが消滅、タンポポも日本勢は押され気味。ひっつき虫（オナモミの実）も、現在では外来種が優勢で、要注意外来種に指定されているそうです。

動物も、在来種は総じて小さく繁殖力が弱いので、劣勢は必至です。日本オオカミは絶滅、南国からはマングースが進出中。生態系に悪影響を及ぼすことが懸念されています。日本犬も広く飼われているのは柴犬だけで、精悍で締まった容姿の猟犬（西郷隆盛の愛犬ツンのような）は激減。日本産のスピッツ、狆も見かけなくなりましたよね。

外国産といっても、地球規模で見れば、日本は大陸の、そのまた海のかなたにある島国なので、動物が海を泳いでくるとか、漂流してたどり着くことは難しいはずです。大多数はペットや栽培種だったのが放置され、野生化して生殖範囲を広げたものでしょう。大敵地に適応したものだけが生き残ったわけで、のんびりと生息していた在来種よりも競争力が旺盛なのは当然なのです。

たまたま植物図鑑を見ていて在来種の減少に気づき、「大変だ、日本産が消えてしまう」とあわててこの原稿を書いている自分の姿に、改めてわたしの中の日本人を痛感しました。パワーで席巻する外国産の生物もすごさも認めるけれど、それでもニッポン産には負けてほしくないのが本音のところ。わたしは何を手伝えばよいのでしょう。健気に頑張っている日本産の生き物を見かけたら、そっとしておいてあげる、今のところそれくらいしか思いつきません。

「ひ」に当たらない職業

わたしの仕事は眼科医で、仕事中は太陽を拝めない場所にいます。毎日うす暗い診察室で、スリットランプという顕微鏡を用いて患者さんの目を覗いているわけです。

「よくそんな暗いところで字が書けますね」

ときどき患者さんから呆れられます。患者さんには、明るいところで読書するように、と指導しているのに、言った本人が暗い部屋でカルテをしたためているのです。なるほど、仕事なのだから自分にとっては当たり前ことが、他人からは珍妙な出来事に映るものなのですね。患者さんに説明する際には出来るだけ明るくして対応するよう心掛けているのですが、基本的には窓を開けておく場所ではありません。お日様に縁の薄い職業です。

ですから休みには、広々とした景色、遠くまで見渡せ、降り注ぐ緑を感じられる場所に行きたくて仕方ありません。普段、覗いているのは目という五百円玉くらいの大きさの、そのまた瞳というミリ単位の世界。見ることに不自由を感じている人たちの光を取り戻す仕事。でもね、医者だって人間、白衣を脱いだらもっと光を感じたい。明るい世界に戻りたいのですよ。というわけで、光の世界へ、いざ行かん。

突然ですが、太陽とかけて恋人と解く。その心は、

「離れていれば恋しいが、近づきすぎるとやけどをする」

わたしの場合、日光に当たり過ぎると体の芯から火照り出し、気分はさながらテリヤキチキン。ですから通勤時も、車の運転中も、いつも帽子をかぶっています。頭のてっぺんに光が当たると脳みそが溶ける？ので、天井から注がれるダウンライトも、ましてや車の天窓（サンルーフ）も苦手です。

帽子は便利ですが、髪が乱れるのでおしゃれとはいえません。でも仕方ないですよね。帽子にタオルで頬かむり、完全防備をしたつもりだったのに、野球観戦の途中で熱中症になった経験があるから、お日様が好きなのに近寄れないのです。ギリシャ神話の太陽神アポロンがハンサムな男性の姿で描かれているのは、誠に当を得た表現としかいいようがありません。

一転、世の中を見てみると、陽に当たる仕事は枚挙にいとまがない。

農業、漁業、野球の審判、プールサイドの監視員、交通整理をしている人、案内板を持って立っているバイトの人、日除けのない場所で働いている人たちすべてが、わたし

にとっては驚異であり、尊敬の的です。そんなに日光を浴びても大丈夫なの？　熱中症にはならないの？

いえいえ、陽が当たらない場所で働かざるを得ない人だって大変です。夜のお勤めの人、地下の工事に携わっている人、潜水艦の乗務員、窓のない部屋で仕事をしている人たち。太陽という時の移ろいを教えてくれるものが見えない、閉ざされた空間に暮らすのも楽ではないはず。今は何時？　外の天気はどうなっているの？

8月のある日、消防車のサイレンが近いな、と思って外に出てみると、なんと隣家から火柱があがっていました。まったく気付かず、表へ出て、やっと「火事だ、こりゃ大変」と驚愕した次第です。幸い40分で鎮火したのですが、消防士さんこそまさに「火に立ち向かう」仕事だったのですね。暑くて熱い夏の日、本当にお世話になりました。感謝いたします。

満月

覚えていらっしゃいますでしょうか。9月30日の夜の空を（当時）。旧暦では8月15日。中秋。台風一過で、雲の切れ間から、ぽっかりと満月がのぞいていたのです。

満月は30日おきにあるというのに、そのうち何回かは空を眺める機会があるというのに、名月を鑑賞するのはこの日でなくてはならず、お月見には、なんといっても団子より双眼鏡が必需品なのでした。

肉眼でも眺められる月を、わざわざ拡大して観る。残念ながら拡大能力の低い双眼鏡では、ウサギの姿は見えません。どんなに欲目で見ても、カニが這っているくらいかな。模様と地球人が称しているのは黒っぽく見える部分で、玄武岩から成り立っているそうです。玄武岩は火星にも金星にも、もちろん地球にも広く分布しているのですが、地球以外に水の満ちた海はなく、ごつごつした色気のない世界が広がっているのでした。

「ほらほら、満月だよ。月に向かって吠えたくなったでしょ？」

「別にぃ」

犬年生まれの夫は、宇宙の成り立ち、天体には興味津々でも、月には見向きもしません。狼男の親戚ではないようです。

太陽の神はおおむね男性でギリシャ神話ではアポロン、月は女神で、アルテミス、ローマ神話ではルナ。竹取物語ではかぐや姫の故郷で、地球人よりすぐれた能力をもっているように描かれています。月は神秘的で美しいもの、人の姿をオオカミに変えるもの、人恋しさを募らせるものだったはずです。

それなのに、近代では月はどこにでもある、「月並み」な存在だと思われるようになりました。人類の興味は月から火星へ、そのまたはるか遠い惑星へ、望遠鏡では見ることができない遠くの宇宙の果てまで興味の対象が広がっているのです。

でも…。不安が頭をよぎります。誰かに月について尋ねられたら、わたしはどれくらい答えることができるかしら。

『月』　地球の衛星。半径は地球の4分の1。表面重力は6分の1。地球と同じ周期で自転するので、地球から眺める月はいつも同じ面。

そこまでは知っています。でも成り立ちは如何？　地球がちぎれたもの？　どこから飛んできた天体が地球の引力によって引き留められた？　常に表の顔しかみせない輩には隠された秘密がある、これこそ推理小説の定番ではないですか。怪しい、怪しい。

地球が丸いことを知っているわたしたちでさえ、月食には興奮します。地球が平らだと信じていた中世の人は、太陽は夜には見えないが下弦の月だと昼間でも見えることなど、月の満ち欠けをどう解釈したのでしょう。不思議だなぁと思って科学を発達させるのか、つじつまを合わせるために屁理屈をひねり出すのか、いずれにしても難題です。

ああ、月、月、月。かぐや姫の身元も気になるし。語るには紙面が尽きてしまいました。残念！　また後日、夜語りでもいたしましょう。

走る走る、月

師走は、お坊さんも主婦も医者も、だれもかれも気忙《きぜわ》しくなる月。テレビや新聞に目を通すことなく、世間の義理や行事にも関心がなく、家から一歩も出ない生活であったなら、もっとのんびりできるでしょう。そのうえ暦というものがなかったら、毎日が流れていくだけだったでしょう。忙しくしているのは、12月にはエピソードが多く、街のディスプレイも報道も、それにあわせて模様替えをしているからに相違ありません。

師走の暦をみてみると

8日　日本軍のハワイ真珠湾攻撃から太平洋戦争が始まった日。なぜ戦争拡大を回避できなかったのかを考えるよい機会。

13日　すす払い。普段はいい加減にしか拭いていない網戸や電灯の笠の掃除をしなくては、と焦る頃。

14日　赤穂浪士が吉良上野介の邸宅に討ち入った日。（旧暦では1月30日）日本人はこの大がかりな仇討の話が大好き。手を替え品を替え、ドラマがオンエアされる。

1702年といえばフランスではルイ14世の統治下。かたやベルサイユ、日本では元禄繚乱。華やかでにぎにぎしい時代だったのですねぇ。

23日　天皇誕生日（平成当時）。ある小学生は、冬休みの日程が決まるので、この日が何曜日かはとても気になるんだ、と言っていました。そんな無礼なことを考えてはいけません。今年（平成24年）は振替休日があり、翌24日もお休みです。冬休みのない大人の休日が1日増えました。（令和になり12月の休日は消滅した）

25日　キリストの降誕祭。クリスマス。クリスチャンでない人々も、なんとなく浮き立つ日。しかしながら前日の24日、イブにケーキを食べてしまって、この日ははて、何の日だっけ？　と首をかしげる不届きものもいるはず。

31日　大晦日。1年で最も牛肉が売れるかもしれない日。家族が集まる冬の定番は鍋。大晦日は主婦もくたびれているし、特別な日だから、ふんぱつしてすき焼き。片付けが終わったら除夜の鐘をきいて、おやすみなさい。

さて皆様にとってもっとも大切な日はどれでしたか？　わたしの記念日はここに挙げていない自分の誕生日。しかし人類にとって大事な日は、別にあるのです。それが冬至。

『冬至』　黄経270度　北半球では1年で最も太陽高度が低く、昼が短くなる日。

太陽の動きを測ることは、時間を知ることであり、暦を作り、農業に生かすことでもあります。時間という概念を最初に明らかにした人は偉い！　火を使いこなす術を広めた人、文字を発明した人と同じくらい尊敬します。

冬至のお楽しみは、柚子湯にかぼちゃ。かぼちゃは南瓜で、夏から秋が旬の野菜なのに、冬至に食べると風邪をひかないという言い伝えがあるのが面白いですね。我が家ではかぼちゃの煮物と、申し訳程度の柚子を浮かべたお風呂を冬至の定番にしています。ここからは本格的な冬の季節。平成25年がどうか良い年でありますように。

ヘビは笑わない

今年は巳年。十二支に当てはめるとヘビ。

昨年の辰（龍）は想像の動物だけど、ヘビだったら知っています。我が家に住み着いているのは青大将。無害だし、弁財天のお使いであればお金を運んでくれるかもしれないから、互いに干渉することなく共生しているわけですが、仲良くなれそうか、と問われれば、否、というしかありません。

マムシを焼酎に浸した強壮剤を見たことも、元気が出るからと言われて、ヘビの血を酒で割ったものを台湾で飲んだこともあります。しかしそれらは隔離されているか、死んでいるヘビです。生きているヘビには敬して近寄らず、草むらや野山では毒を持たない縞ヘビにだって出会いたくないのが本音です。

なにしろ相手はすばしっこい。頭が三角か丸いかなんて確認する猶予があらばこそ、音もなく忍び寄ってくるし、湿った地面では落ち葉と見分けがつかないし、木に登ることすらあるのですから、そんな奴と出会いたくない。ああそれなのに、ある朝、玄関の天井を這っていて、ポタリと犬小屋の近くに落ちてきたことがあったのです。

眼前に突如現れた青大将。犬はしきりに吠えて追い払おうとします。しかし動かぬヘビ。しばしのにらみ合いを経て、やっとヘビが動き出しました。あろうことかまた玄関を登り始めたのです。天井まで来るとさすがのヘビも重力の法則には逆らえず、またポトリ。犬は吠える、ヘビは動じない。「庭の茂みに逃げ込めばいいじゃないの、何をやっているのよ、ヘビさん」。忠告も、耳が退化しているヘビには聞こえない。やれやれと覚悟を決めて箒を手にした途端、ようやく塀の向こうに消えてくれました。

「ヘビは何を考えているのか」わたしにはさっぱりわかりません。青大将にからかわれたのか、遊ばれたのか、ヘビにとっても災難だったのか、そもそもヘビに喜怒哀楽があるのかどうかさえ怪しいものです。

彼らの姿形は特異すぎます。手足がないから歩かない。鳴きもしないし、笑いもしない、瞼もないから目も閉じない。目にはウロコ状の透明な膜があるので、目からうろこが落ちるとすれば、それはヒトではなくヘビの方でしょう。地上どころか樹上にも登れるし、泳ぎも上手い。長い体をくねらせ、とぐろを巻いたり、鎌首をもたげたりと変幻自在。それなのにポーカーフェイスときているので始末に負えないことといったら…。

「笑わないのではなく笑えないのだよ。ヤモリもカエルも魚だって同じこと。哺乳類で発達している表情筋がないからね」

そうでした。彼らには豊かな表情を作るための頬もなく（ゆえに咀嚼できず丸呑みするしかない）、眉も唇もないために、顔から彼らの感情をうかがい知ることはできないのでした。

ヘビはいわずもがな、笑わず喋らず、話しかけても睨むだけ、無表情の顔は怖い。人間だってそうですよね。顔の筋肉は動かさないと早く老けてしまうそうですよ。だから笑った方がいい。笑う門には福来る、今年の標語はこれで決まり、ですね。

シラミの引っ越し

2月になっても冷たい、寒い。

暦の上では立春を過ぎ、日差しだけは柔らかくなってきたけれど、1月より2月、それどころか3月3日の雛祭りまでは油断できないぞ、とわたしの体が告げています。

陰暦で2月は、きさらぎ。如月だけかと思っていたら、辞書を引くと「衣更着」も「更衣」も「きさらぎ」だそうですよ。

明鏡国語辞典では、更衣着を「寒いので衣（きぬ）をさらに重ねて着る」と解説してあるのに対し、広辞苑では「『生更ぎ』の意。草木の更生することをいう。着物をさらに重ねて着る意とするのは誤り」記してあって、一刀両断に否定しています。ライバル意識むきだしですね。2月になれば木も芽吹くが、寒ければ重ね着もしたくなる。如月はそんな曖昧な季節だととらえていれば、間違いはないのでしょう。

さあここで、いつものように？マークが浮かんできました。

服を身にまとうのは人間だけですよね。動物のように野生の姿で往来をゆけば、現代なら変質者として軽犯罪に問われます。しかしヒトだって元をたどれば裸のサルなのです。最初の人間とされるアダムがヘビの誘惑に負けて知恵の実を食べ、イチジクの葉っぱを身にまとったがゆえに楽園を追放されてからというもの、人間と服の間には切っても切れない縁が生まれました。ヒトが服を発明し、アフリカという暖かい楽園から飛び出して、世界中に生息範囲を広げたのはいつなのでしょう。

服の起源を調べてみると、ある本には100万年前とあり、またある本では65万年、別の本には7万年前のこととなっています。差がありすぎて、なんじゃこれは、です。

直立して長く歩くためには汗腺を発達させねばなりません。毛は邪魔です。腹部や生殖器など弱い部分を正面に向ける姿勢も無防備と言わざるを得ません。

裸のままでは寒くもあるが、肌から身を守るものもほしい、というわけで、おそらく頭がよく好奇心旺盛な初期の人類の誰かが、毛皮や葉っぱを身にまとう術を発見したのでしょう。このとき身につけた何かを衣服と呼ぶかどうか、これも議論の分かれる所に違いありません。

アメリカの遺伝学者ストーンキング博士は、「あたたかい人体を離れると24時間以上は生きられない」シラミの進化をもとに、衣服の出現を7万年前だと唱えました。体毛を失ったヒトでの生息地が頭髪だけになってしまったシラミは、それでも我慢してしがみついていたおかげで、ヒトは体毛よりももっと住み心地がよい、衣服という住処を提供してくれたのです。アタマジラミの仲間が、皮膚を離れても生きていけるコロモジラミに分化した7万年前には、ヒトは日常的に衣服をまとうようになっていた、と博士は考えました。

そのころには針や糸、ナイフなどさまざまな道具が用いられていたに相違ありません。言葉も巧みになって意思の疎通もよりスムーズになっていたことでしょう。寒ければ服を着て、暖房にあたり、温かい飲み物を飲むことができる、ヒトだけがその文化を持っている。ああ、人間に生まれてきて良かったなぁと思います。

手が3本

ああっ、もうどうにかならないの。

雨の中、疲れて帰ってきたというのに、誰もいない部屋は真っ暗だし、濡れそぼった衣服は気持ち悪くて早く脱ぎたいし、それには背負っていたリュックをおろさなくてはならないし…。3ついっぺんにやろうとして、あたふたドアノブを回したものだから、コツン、扉におでこをぶつけてしまいました。

分かってはいるのです。「二兎を追うものは一兎も得ず」同時に複数のことをしようと欲張ってもダメだってことは。
①ドアを開ける　②電灯のスイッチを入れる　③リュックを下ろす。最後に衣服を脱ぐ。
この順番で行えば、転ぶことも、あわてることもないのに、ホントにお馬鹿さんだこと。

もしもわたしが王様だったなら、目配せひとつで誰かがさっとドアを開けてくれることでしょう。黙っていても服を着替えさせてくれ、台所に立たなくても料理が運ばれてくる極楽生活。しかしときには王様だってひとりになりたいな、と思うかもしれません。

逆にわたしが召使だったなら、どうしてこんなつまらない仕事をしなくてはいけないのか、と情けない気分になるでしょう。ドラマでは黙々と働く家来が登場するけれど、彼らの本心は別かもしれないではありませんか。

人間の代わりに、ロボットや、アラジンに仕える魔法のランプの精だったらどうでしょう。ロボットならば労働条件を考慮することもなく、愚痴を言われることもありません。掃除機だって出来たのですもの、近い将来、お手伝いロボットも実用化され、どの家庭にも普及することは確実です。ただ誰の命令にでも無条件に従ってしまうのでは困りますから、指示を出すには声紋認証が必要となるでしょう。声がかれると動かなくなるかもしれません。「開け、ゴマ」のような暗号かパスワードが欠かせなくなって、セキュリティが強化されると、暗証番号だって覚えるのが大変です。4ケタならまだしも、6ケタ以上は無理。いやホント、今でさえ、すべてのパスワードを把握できず、なかには使えなくなったカードもあるくらいですからね。

自分のことは自分でやる、現実にはそれしかない。

でもねぇ、叶うことならば手がもう1本、3本はほしい。魔法の手があれば、包丁を使いながら棚からボウルを取り出すことも可能だし、ご飯を食べながら頭を掻くこともできる。3本あれば便利だな、と切に願ってタイトルをつけたのだけれど、では3本目の手はどこから出てくるのか、というところで壁にぶつかりました。正面では邪魔だし、気持ちが悪い。横からでもバランスが良くない。3本ではなくて4本だったら…。2本でも服の着脱が面倒なのに、数が増えればどうなることやら。千手観音様の手は服を着ていないでしょう。千本も手があれば上半身が重くなりすぎて動けません。

哺乳類の手足が2対なのは、それが理にかなっているからかもしれない、そう考えると2本の手でできる範囲のことをするしかありませんね。「急いてはことを仕損じる」を肝に銘じて、欲張らず、灯りをつけてから服を脱ぐことにしています。

本当に知っているの？

安倍首相を知っていますか？と聞かれたら、

「ええ、もちろん」

と胸を張って答えるでしょう。最近の首相であれば、顔写真と名前を一致させるくらい簡単です。しかし「どんな人物ですか」という問いにはいささか迷います。

（男性にしては声が高いよねぇ。それにちょっと早口だし）

これでは井戸端会議の感想と大差ありませんね。テレビで映し出される姿と、実際の印象は異なるでしょうし、結局のところ、知っているのは顔だけなのです。

「隣の人を知っていますか」この問には窮します。

挨拶をしたことは、あります。偶然エレベーターに乗り合わせたときだけですけれど。名前は、存じません。家族構成ももちろんわかりません。個人情報保護が徹底している現代では、表札もないし、つきあいもなし。リポーターや警察に尋ねられるような場面があったとしても、「そうですね、よい人のようにお見受けしました」とお茶を濁すような無難な受け答えしか、わたしにはできません。

潜伏中の犯人であれば周囲には「大人しい人のようにみえた」とか、「仲の良い家族だと思っていた」という印象を与えるよう気を付けるでしょう。素性を隠し、存在感をできるだけ消すはずなので「見るからに悪人だった」「すぐにトラブルを起こすので困っていた」とマークされるような事態は、わたしが犯人だったら回避します。

芸能ニュースでは、突撃リポーターが親しかった人からのコメントを読み上げるのですが、「彼女が実は○○だった」などと簡単に秘密を暴露するような人が本当の親友とは思えません。互いに芸能人だからリップサービスをしているのだろうと、話半分どころか10分の1くらいに割り引いて聞き流すだけです。

面白い話ほど尾ひれがつくし、聞く方は眉に唾をして受ければいいのに、つい本気にしてしまうから、話す方も真偽定かでないことは、うかつにしゃべらないようにすべきなのです。分かってはいるのですが…。

失敗したのは誰あろう、わたしです。タレントのすぎちゃんが熊本県人だという噂を真に受けて、他人にとくとくと喋ってしまったのです。ああ、恥ずかしい。

知ったかぶりするのは、格好をつけたいから？　何も知らない人だと思われたくないから？　いいえ、「知らない」と言う勇気が足りなかったのです。でも、本当のことだけしか話せないとしたら何も喋れなくなっちゃうし、小説家も講談師も廃業になってしまう。もちろん医者だって同じこと。ときにはウソも方便、とはいえ知ったかぶりはいけません。

ところで、例のすぎちゃんの噂、話の出所はいったいなんだったのでしょうね。

追記　熊本のマンションの隣人とは地震以降立ち話くらいはするようになりました。今では名前も存じ上げています。反対に実家のある玉名では、四方の隣家とも互いに塀を巡らせているせいで、まったく顔を合わせることがありません。

新1年生

春、5月です。

眼科医にとっては、学校健診の季節です。

健診は市町村単位で決められており、玉名郡市の小中学校で対象となるのは、1年と4年生。小学生はむろんのこと、中学生でも、ぶかぶかの制服がなじんでいない新1年生を診るのは楽しいですよ。

ピカピカの小学1年生は、お行儀よく並ぶことが苦手です。

「気をつけ。小さく前へならえ」

先生が号令をかけます。がやがやは一瞬静まるけれど、健診が始まったらもういけません。

「先生は、なんばしようらすと」「ねえ、痛かった?」

頭越しに覗き込む子供。横に斜めに、前の子の様子をうかがう好奇心に満ちた目、目、目。「はい、ちゃんと並んで」気を配ってくださる先生ならありがたいのだけれど、なかには生徒の自主性を重んじ? 黙って見ているだけの先生もいて、「ほらほら、邪魔しちゃあだめ」行列の整理も大変です。

健診が始まるのは午後からですから、生徒さんの口の周りには給食の名残がついています。ケチャップやカレー、こぼした汁の匂いでおかずさえわかってしまうのが御愛嬌。わたし、こう見えても、鼻が利くのですよ。昼休みに外でかけっこしていた子供は、鼻水を垂らしたまま、制服は泥だらけで、たくましさに溢れています。

眼科健診の対象は目なのに、半数の子供が口をアーンとあけるところをみると、子供にとって健診とは歯のそれを意味するのでしょうか。「うわあ、痛かった」とオーバーアクションではしゃぐ子もいれば、すまし顔で礼を述べてくれる生徒もいます。いずれの学校にも個性があり、校長先生が交代すると雰囲気が変わるのも興味深いことです。

小学生はどの子もまだ小さくて際立った個性も見られないのですが、中学1年生は違います。なんといっても背丈がばらばらなのです。

子供の面影を残した男の子の隣には、すでに180cm近くの上背があり、顔にはうっすらひげまで生えている男子生徒が並んでいるという具合に、成長スピードの違いが顕著で、まさに伸び盛りといった感じですね。恥じらいを残したつぼみの女の子が、どんな花を咲かせるのかも、見守りたいものです。

早熟な子も晩熟な人も、いつかは大人になるのですから焦る必要はないのに、周囲の目や雑音に振り回されがちなのも中学生ならでは。日々成長していく子供さんに向き合えるのは、医者のひそかな喜びでもあるのです。

社会人1年生のみなさん、「習うより慣れよ」ですよ。環境の変化を面白がるくらいの気持ちで、5月を乗り切ってくださいね。

雨の日には

上熊本駅から玉名まで電車通勤をしているわたしの必需品、それは帽子です。晴れた日はむろんのこと、雨の日だって被っています。頭が濡れたままだと風邪をひいてしまうから、つむじを保護する帽子は欠かせません。

電車通勤を始めた当初は、雨の日が苦痛でした。でも今は違います。苦を楽に変えてくれる「あるもの」を手に入れたからです。

その長靴は、軽いし折りたたむこともできます。完全防水ではないので、水たまりをじゃぶじゃぶと入っていくことはできませんが、少なくとも跳ね返りを気にしないで歩けます。おしゃれよりも実用第一のわたしにはありがたいことです。

傘、これはどうもいけません。頭という大きな障害物を避けなければならないという宿命ゆえ、どうしても一方の肩が濡れてしまいます。笠が傘になり、蓑がレインコートに変わっても、やっぱり雨を防ぐことは無理のようですね。

しずくがしたたり落ちる傘、びしょ濡れのレインコート、肩からは重そうな鞄やデイパック。どの乗客もむっつり顔。雨の日の通勤は最悪です。傘を腰に押し付けられて、こちらも濡れ鼠になってしまいます。でもまあ、お互い様ゆえ我慢しましょう。

北陸出身で東京在住の友人は、「九州の雨は粒が大きくて、ぼたぼた落ちてくる」といっていました。そういえば彼は小糠《こぬか》雨くらいでは傘を差そうとしません。持ち歩くことすら億劫らしいのです。「東京の雨は優しいから」濡れてもすぐ乾くので、紳士は多少の雨は気にせずに颯爽と歩くものだと決めつけているようです。しかしながら最近では都会でもゲリラ豪雨が増えてきて、「雨粒が九州並みに大きくなった」らしいですよ。

ゲリラ豪雨といえば昨年、わたしが住むマンションでも、井手の水がエントランスまで流れ込み大騒ぎになったことがありました。土がアスファルトになり、遊水池も縮小し、暗渠《あんきょ》が増えたために、水が行き場を求めて彷徨っているようにおもえてなりません。

そうです、「雨」、それは天から降ってくる水なのです。

成り立ちや粒の大きさによって霧雨、驟雨など呼称も変わるし、青空がのぞいていても雨が落ちてくることもある、なんと不思議な現象なのでしょう。池や海、水たまりでできる輪を見ていると、雨が生き物のように思えてきます。乾いていたときは感じなかった匂いが、庭から街から一斉に湧き立ってきて生を主張し始めるのです。雨上がり、くっきりと稜線を描く山を眺めるのは心躍る瞬間で、いまさらながら雨がくれたご褒美に感謝したくなってしまいます。

今年の梅雨はじめじめした陰気な季節ではなく、晴れときどき雨の、陽性なものだといいですね。それからもうひとつ、7月7日の夜だけは星空を見せてくれるように、七夕飾りの短冊に願掛けをしておきましょう。

言葉はヒョウヘンする？

「セイゼイ頑張ってください」。こんな言葉をかけられたら、あなたはどう思いますか。「誠意がない。けしからん」と憤るでしょうか、それとも「期待に沿えるようベストを尽くします」と答えるでしょうか。

いささか古い話で恐縮ですが、以前、福田元総理が北京五輪の激励会で発した「せいぜい」をめぐって、有識者と称する方々が反発した事件を思い出したのです。

「せいぜい」を漢字で書くと精精となり、一生懸命とか最大限という意味になります。ところが最近は、「適当に」とか「いい加減」という意味だと誤解され、一部の人たちから悪い印象を持たれてしまっているようなのです。非難された福田総理はとまどったでしょうね。さすがに正面切って「君たちが間違っている」とはおっしゃいませんでしたが、正反対の意味と解釈されたのですから、本当に言葉は難しいものです。

「君子は豹変す」

易経にあるこの言葉もまた、難しい表現です。

本来の意味はもちろん、「君子は過ちをすみやかに改めて、善に移る」ことなのですが、態度ががらりと変わって信用できない意味だと思っている人もいます。動物の豹の毛が美しく変わることのたとえなのに、豹がヒョウヘンして負のイメージになってしまったのです。あんなに気高い動物なのに、これではあんまり可哀そう。

「流れに棹をさす」

時流に乗る、物事が順調にはかどるという意味です。この言葉でさえ、ややもすれば「逆らう」意味につかわれかねません。

わたしたちは言葉で意思の疎通を行っています。身振り手振り、手話、用いる手段は違っていても、共通の理解がなければ話は通じません。山といえば高くなったところを、川といえば水の流れているところをイメージするから、会話が成り立つのです。されど言葉は生き物ですし、耳から入った言葉が頭の中で誤変換されたり、異なる理解をしているのであれば、互いの印象は逆になってしまうでしょう。

相手と自分のイメージが違うとあらかじめ分かっている場合は、慎重に言葉を選べば良いのです。セイゼイと言わずに、一生懸命といえばよかったのです。しかしながら、他人がどう解釈しているかを前もって知ることはできません。なぜ相手を怒らせてしまったのか、前述の福田総理も最初は理解できなかったことでしょう。

この原稿の意とするところも皆様に伝わったでしょうか。舌足らずな文章で、誤解をさらに深めたのだったらごめんなさい。老婆心ながらもう1つ。仕事の挨拶のとき「役不足」と表現する方がいるようですが、謙遜のつもりならば「力不足」の方が良いですよ。役不足とは、役目が軽すぎて物足りないということ。うっかりつかうと、「だったら、更に重い任務を与えましょう」と言われてしまうので、どうかご用心あるように。

「夏」の賞味期限

つい最近まで、わたしは暑い季節が夏だと思っていました。しかし世間は違う基準で動いているらしいのです。

きっかけとなったのは6月のはじめ、これからの季節に着る服の品定めに訪れたお店での出来事でした。初夏と思い込んでいたのに、そこには夏服が少ししかなかったのです。

「暑くなったら夏の服が揃いますか？」

お店の人は少しだけ申し訳なさそうに、しかしきっぱりと宣言されました。

「夏服の時期はもう終わりました。これからは初秋ものしか入ってきません」

6月の下旬はもう秋！　季節を先取りするのがおしゃれの鉄則とはいえ、いくらなんでも早すぎるのではないかしらん。その時は唖然としたのですが、よく考えると夏は、ほんの短い時間しか存在しないようなのでした。

「夏」陰暦では4月から6月まで。二十四節気では立夏から、立秋（6月7日ごろ）の前日まで。天文学上では夏至から秋分の前日まで。

ファッション業界は陰暦を採用しているのでしょうか。それなら7月が秋だと納得します。だとしても7月は微妙な季節です。激しい雨が叩きつけているときは、サンダルではなく雨靴、日傘より雨傘、むろん浴衣を着る気にはなれません。

梅雨が明け、太陽がまぶしく感じられるようになったら「夏本番」。あわてて暑中見舞いを出します。8月の7日を過ぎたら、初秋見舞いに変更しなくてはなりません。お中元を贈るのも気が引けます。海水浴が楽しめるのもお盆まで。クラゲも怖いし、なにより浜辺では去りゆく夏への哀愁が漂っていて、真夏色の水着も来年までお預けとなるでしょう。

となれば、本当に「夏」が楽しめるのは、たった1カ月しかない！　ことになります。外は暑いのに、熱中症には注意しなくてはいけないのに、あっという間にもう空の色は秋に向かっているのです。なによりも夏は1年の折り返しどころか、3分の2が終わってしまったことを意味しています。あと3カ月もしたら暑中見舞いどころか年賀状を書かなくてはいけないのですから、なんとまぁ月日のたつのが早いことか。

肝心なことを言い忘れていました。わたしは大人で、自営業で、子供もいないから夏休みの感覚がありません。

もしも夏休みがあるのなら、朝寝坊するのは最初の1日だけで終わらせて、まずは散歩から始めましょうか。わたしのひそかな趣味は虫の声の聴き比べ、なのにマンションからはセミもカエルも見えないから、夏の声を聴きたければ、こちらから自然豊かな場所に出向くしかないのです。熊本でミンミンゼミの声を聞くのは難しいのに、鹿児島県の霧島では一度に数種類のセミが聞けますし、甑島にもミンミンがいました。郷愁を誘うヒグラシは時間帯を選ぶからさらに難しい。ああ、どこへいったら聞こえるの?

この原稿が皆さんの手に渡るのは8月半ば、夏休みも折り返しですね。男性も熟女も、宿題を終えていない子供たちも、さあさあ、夏は待ったなし、ツクツクボウシが鳴きやむまでに、この季節を楽しみましょう。

96歳の家出

「96歳男性　札束抱え〝家出〟」

２０１３年7月31日付熊日新聞の夕刊に載っていた記事です。男性の家出そのものは、なんということもない出来事でしょうが、そこに96歳という高齢と、２千８百万円の大金が加わることで、物書きの興味を大いに引くニュースとなっていたのでした。

要点を箇条書きにしてみましょう。

1．「買い物に行く」と家族に告げたまま7月25日から行方不明となっていた北九州市の男性（96歳）が、同月28日に愛知県の中部国際空港で保護された。

2．男性は2千8百万円もの札束が入ったバックを持っており、沖縄で3泊したのち、中部空港経由で北海道へ向かうつもりだったらしい。

3．男性は杖をついていたが元気で、気に入った場所がみつかれば、そこに住むつもりだったという。

4．家出の動機は妻（87歳）とのけんかである。

なんとまあ、お元気なこと。実際のところはさておき、新聞記事から得られただけのプロットを組み立てればいくつものドラマが浮かび上がります。

このニュースのポイントは年齢で、人はいくつになっても妻とけんかをし、家を出て、どこかほかの場所で暮らしたいと思うらしいのです。

しかし真の動機は妻とのけんかでしょうか。もしかしたら男性には家というくびきから自由になりたい、ひとりになりたいという願望があり、たまたまけんかが引き金になって実行に移しただけなのかもしれません。単なる夫婦げんかであれば、ほかの土地へ移住したいとまでは思わないでしょう。

所持していた現金も高額です。

わたしは最初、旅費を含めた家出資金だと思っていたのですが、ある女性から「妻にお金を残したくなかったから、持ち出したのだ」と指摘されたときは目からうろこの思いでした。真相は不明ながら、確かに旅行代金としては巨額過ぎます。「お金は誰にも渡さない」という決意を秘め、第2の人生を歩む資金として銀行から引き出したのでしょう。だとすれば、家出は発作的なものではなく、ある程度の覚悟があったものとみなさなくてはなりません。

2千8百万円の札束は、それだけでかなりの重量になります。わたしだったら、そんな大金を詰めたバックを持ち歩くのは不安です。置き引きが怖くて、片時も手放せません。想像するだけで疲れてしまいます。

　自由になりたいと願うことはあっても、実行するには勇気がいります。連れ戻された男性は何を思って過ごしているでしょうか。ほっとしたのか、それとも無念だったか、またのチャンスを密かに狙っているのか。

　残された妻は、どう思っていたでしょうか。預金がおろされたことに怒るか、けんかを反省してしおらしくなるか、何も変わらないか、夫婦のドラマはまだまだ続いてゆくのです。

人生で一番褒められる日

今回は「褒められる」話です。

え、なになに、褒められたことなんてない、ですって。

そんなことはありません。今までに300回くらい、いや500回はあったはずです。人生のスタート、赤ん坊のころは「そりゃあもう、毎日」褒められていたことでしょう。笑っても、眠っていても、あくびをしただけでも「かわいい」とみなさん喜んでくれるのです。両親だって、当然のように周囲の称賛の声を受け入れます。人生で一番幸せなときであったはずですが、残念なことに本人は全く覚えていません。

1歳を過ぎ、泣いて駄々をこね、好奇心に任せてあちこち触るようになると、赤子のころは「こっちへいらっしゃい」と言ってくれていた親も、「ダメ」と煩がるようになります。聞き分けの良い子でなければ褒められない年頃になったのです。

受験戦争に勝ち抜くのはうれしいけれど、入学も入社もハードルの1つを越えただけ。まだ先は長い。合格通知をもらって喜ぶのは一瞬で、翌日から頑張ることを強要されます。

次に褒められる瞬間があるとしたら、それは結婚式かもしれません。新郎に対しては「前途有望な青年」、新婦には「素敵なお嫁さん」とスピーチしてもらえるからです。タキシードや打掛を羽織ると、あら不思議、凛々しい男性としとやかな女性に変身です。ただしこの魔法も有効なのは当日のみ。3日もたてば誰からも、お世辞すら言ってもらえなくなるのですから、世の中は甘くない。

人生も中盤になると、気苦労ばかりで、称賛とは無縁の生活になってしまいます。仕事も家事もできて当たり前。「子供や部下は褒めて育てろ」と諭されることはあっても、頑張っている大人のことは誰も感謝してくれないのです。紙面を借りて「大変ですね、」とエールを送ってあげましょう。

しかしながら諦めることはありません。もう一度だけ、最後の最後にチャンスが巡ってくるかもしれないのです。

先日出席した葬儀で、故人は96歳と紹介されました。長らくホームで暮らし、好々爺と慕われていたと聞いたので、「大往生ですね」と言いそうになり、あわてて「残念です」と訂正しました。96歳でも家出するくらい元気な人もいる（前項を参照ください）のですから、「もっと長生きしてほしかった」とお悔やみの言葉をかけなくてはいけなかったのです。弔辞では故人の業績を偲び、人柄をほめたたえ、惜別の念を表すことが礼儀でしょう。

最近のお葬式は仰々しくなくて、亡き人を悼むより「本当にいい人だったね」と楽しい思い出を語り合う場となっているのは素敵なことです。それだけ生を全うしたということでしょうから。

長患いをせず、痛みに苦しむこともなく、あの世でも閻魔様に叱られなくてすむのであれば、それなりにハッピーな人生だったといえるかもしれません。皆さん、わたしの時はうそでもいいから褒めてくださいね。くしゃみをせずに聞いていますから。

ありがとう

自分でも変だと思っていたのです。

ドアを開けてもらった時、落とし物を拾ってもらった時、思わず「すみません」と言ってしまうことを。

本当は「ありがとう」というべきだったのに、とっさには口をついて出てこなかったのです。「ありがとう」は言いにくいフレーズではないはずなのに、気が付くと「どうも」とか「あ、はい」というような中途半端な挨拶をしているのです。

熊本県人は照れ屋で口下手だから仕方ないね、と諦めていたのですが、関西は違うようです。宮崎出身の俳優堺雅人さんも、著『文・堺雅人』（文春文庫）のなかで、ドラマの撮影のため関西に住んでいたときの驚きを伝えています。

「カルチャーショックをうけたのは、料理をはこんできた居酒屋の店員さんにむかって『ありがとう』と、客の彼らがいちいちお礼をいっていたことだった。」

関西人はどうして素直にお礼が言えるのだろうかと、堺さんは観察します。

「東京の居酒屋で『ありがとう』といわないのは、きっと店員と客がそれぞれの役割をなんとなく演じているからだろう。（中略）大阪では、料理をはこんでくるのは、〝店員役〟なんかではなくなまみの女の子だから、『ありがとう』になるのかもしれない。」

いささか理屈っぽく考察すると、大阪は商売の街で、今日の店員さんも明日は自分の店のお客になってくれるかもしれず、威張ったらダメ、相身互い、みな平等だと分かっているからかもしれません。

わたしが住んでいるマンションのエレベーターでは、互いに「失礼します」と声をかけて乗降する人が多いようです。先に降りるのであれば、「お先します」でもよさそうですが、残された人は何と答えるのがスマートでしょうか。恥ずかしそうに挨拶する姿は、わたしを含めてなんだかぎこちなく感じます。

ボタンを押したら、周りには知らない人ばかり。こんなシチュエーションでは、誰もが顔を合わせないように心掛けます。下を向く人、点灯する階数表示をじっと見つめる人。たった数秒なのに無限に長く感じます。どうか何も起きませんように、と祈っているようです。

エレベーターだけでなく、電車などの閉鎖的空間でも挨拶は大事でしょう。

電車の扉があくと、若い人同士は「バイ」「じゃあね」と別れていきます。知人には心遣いをみせるのに、運転手さんが「入り口付近は混雑しているので、もう一歩なかにお入りください」と懸命にアナウンスを繰り返しても、ドア近くから一歩も動こうとしません。真ん中はガラガラなのに、降りるときは皆一緒なのに、なぜ空間を譲ってあげないの？

挨拶は親切、礼儀？　それとも人間関係の潤滑油？

親切を受けた際にも上手に礼を述べる人と、固まってしまうひとがいるのは不思議ですね。そういえば、家族間では挨拶をしない人がいると聞いたことがありますが本当でしょうか。親しき仲にも礼儀あり。「隗《かい》より始めよ」（身近なところから始めよ。という意味）ですよ。

難しく考えずに、「ありがとう」と言われたらこちらも「ありがとう」「どういたしまして」と返しましょうよ。家庭、ひいては世界の平和は挨拶から。気取らずニコニコしているほうが人生は楽しいし、何より自分自身がうれしくなりますからね。

たのしみは

橘曙覧（たちばなのあけみ）という歌人をご存知ですか。名前を知らなくても、「たのしみは」で始まる歌ならば目にしたことがあるかもしれません。

「たのしみは　朝おきいでて　昨日《きのう》まで　無《な》かりし花の　咲ける見る時」

平成6年、平成天皇が訪米された際、当時大統領だったクリントン氏が歓迎スピーチで　橘曙覧の歌を引用したのがきっかけで、広く知られるようになりました。

橘曙覧は越前（福井）の人です。慶応から明治に変わる10日前に息を引き取ったので、江戸時代の終焉と時を同じくして生きたことになります。もとは商人でしたが、家業に失敗し貧乏になりました。彼の貧乏は、歌人として国学者として、金銭や政治から距離を置いて生きる自由と覚悟を与えたといえるかもしれません。

「たのしみは　妻子（めこ）むつまじく　うちつどひ　頭《かしら》ならべて　物《もの》をくふ時」

いかにもおしいそうです。質素な食事であっても、家族がつどい、ニコニコと箸が進むのであれば、それだけでもごちそうなのです。

たのしいというのは、なんなのでしょう。何も面白いことはない、世の中はつまらないという人と、橘曙覧の違いはどこからくるのでしょうか。

私見ですが、「たのしい」の対極にあるのは無感動、無関心だと思います。花を見る、食事をする、それだけのことでも心が打ちふるえる人は、人生を豊かに過ごせるはずです。

年を取るのも、なかなか良いものです。生きてきた分だけ知識が増えて、感動もまた若い時よりもずっと大きくなるからです。スマホばかり見ていて、周囲が見えない人は気の毒になります。世界は10センチ四方のディスプレイと、限られた知人だけしか存在しないのではありません。いつも歩く道でも、ふと顔を上げると、そこには昨日まで気付かなかった看板や、目新しい何かが見つかるかもしれないではありませんか。

「たのしみは　人も訪《と》ひこず　事《こと》もなく　心をいれて　書《ふみ》を見る時」

誰にも会わなくても、何もなくても、書物がたのしみを与えてくれます。

「たのしみは　物をかかせて　善《よ》き価《あたひ》　惜しみげもなく　人のくれし時」

思いがけず収入があった時は素直にうれしい。清貧の暮らしをしている橘曙覧も、お金を忌み嫌っているわけではないようです。

「たのしみは　いやなる人の　来《き》たりしが　長くもをらで　かへりけるとき」

嫌いな人がさっさと帰るのもうれしい。この調子なら、どれだけでもたのしみが見出せることでしょう。文章が浮かばない時でも

「たのしみは　百日《ももか》ひねれど　成《な》らぬ歌の　ふとおもしろく　出できぬる時」

かくありたいものと願って、呻吟しています。

では、わたしのたのしみは、

朝起きて今日も生きていると実感できる時、空は晴れていても雨でもよし、虫の声が聞こえればなおうれしい。

歌にはなっていませんね。しかしちょっとした事にも感動できるから、わたし自身は自分を幸せ者だと感じでいるのです。

お正月限定品

この原稿を書いている時点では、「もういくつ寝ると、お正月」、皆さんの手に渡るときは、「もうとっくに過ぎっちゃったよね、正月休み」。

1月1日は特別な日。この日を境に、いろんなものが一変するのです。

まず変わるのはカレンダーと日記帳。取り替えたのは歯ブラシ。昔は下駄も新調したそうですよ。我が家もスリッパは買い替えます。

正月限定品の代表が屠蘇容器。屠蘇散をいれた清酒や赤酒をうやうやしく飲む、それだけで改まった気になります。数の子や黒豆はいつでも手に入るけれど、それらを重箱に詰めて「おせち」と称するだけでごちそうにみえるから不思議ですね。本来は節句に食べる料理は皆おせちといえるのだけれど、正月のおせちが特別なのは、縁起かつぎをしているからでしょうか。ただしどんなに高級なおせちでも、3日も食べれば飽きちゃいます。もったいないないですけどね。

その昔、わたしが中学生だった頃は、家族で百人一首のカルタ取りが正月遊びの定番でした。カルタは3人以上集まらないとできません。わいわい大勢で取り合う方が面白いのです。夫婦2人となった現在、カルタの出番はなくなりましたが、40年前のカルタを今でも大切に持っています。捨てるには惜しいので、誰か、勝負カルタが強すぎない人を呼びましょうか。遊びはカルタに限らず、実力が拮抗していて、1人勝ちする人がいないほうが楽しめます。団らんに勝負は相応しくない、ですよね。

凧揚げもコマ回しも、いまや子供のものではなくて、大人の遊び、それもかなり凝ったものになってしまったようです。小学生のころ、自分で作った凧では風をとらえきれず、どんなに走ってもくるくる回るばかりで揚がってくれませんでした。今、もし遊ぶとしたら河原でないとダメでしょうね。「どこでするの？　場所なんてないでしょ」広場を失った子供たちが可哀そうでなりません。

羽根つき、これこそ正月しかできない遊びです。バトミントンと違って体育館で行うものではないし、かといって家の前の道路では危なくてもってのほか。絶滅が危惧される遊戯の代表格に違いありません。

お正月が終わった後のたのしみは、かき餅。金網であぶって食べたかき餅のおいしかったことといったら。餅は熱いうちに限ります。ストーブがエアコンに、ガス台がＩＨヒーターとなってしまってからは上手く焼けなくなっちゃって、あの味が再現できなくなりました。

憧れているのは、どんど焼き（左義長《さぎちょう》）。一度も経験がないのです。新興住宅街に育ったので、町内会も子供会でもやってくれなかったのが恨めしい。モグラ打ちやどんど焼きのようなよき日本の風習が消えてしまわぬよう、心から祈ります。

追記　熊本市内に引っ越してから、近くの中学校の校庭で行われていることを知りました。玉名では経験がなかったのに、熊本市内で行われているなんて、ちょっぴり驚きです。もちろん毎年、しめ飾りを燃やしてもらっています。

高いこと・小さいこと

わたしの一番のコンプレックスは、背の低さ。

車を運転するときにはクッションが必要で、飛行機では上の物入れに手が届かず、列車によってはつり革も握れないことがあるのです。わたしよりもっと小さな子供やお年寄りはどうしているのでしょう。

背が高い人と一緒にいると、いつも頭の上から言葉が降ってきます。つむじを覗かれているようで落ち着きません。相手が見ているのはわたしのつむじで、わたしが話しかけているのは相手の胸のあたり。どうか座って話しましょうよ。

立っている時は、身長差が際立つけれど、座って話すとそうでもない。寝転がると、もっと差は小さくなる。1メートル離れるだけでも、つむじを覗かれることはない、もっと遠くからだと、その差はゼロに等しい。

試しに脚立に登ってみましょうか。

60㎝上がると、琴欧洲（現・鳴門親方）より目線が高くなる。いままで見えなかったタンスの裏まで見えたけど、電灯の笠に頭をぶつけそうになっちゃった。

天井がすぐそこにあるのは不思議な感覚。部屋が少し狭くなる。脚立を降りると、天井ははるか上。空間が少し広くなる。小さいことは得しちゃうってことなのかな。

高い・低い。長い・短い。基準はなんでしょう。

試みに3万円もするワインを買ってみました。やっぱりおいしい。じゃあより高価なワインだと、もっと舌がとろけるような味わいなのかしら？

えいやっと奮発して4万円のワインを飲んでみましたが、うーん、値段が高いから口に合うわけでもないようですよ。

手ごろな価格のワインなら、それなりに満足するのだけれど、価格が高いとそれだけ期待してしまうから失望も大きくなるのでしょう。セレブでもグルメでもないわたしは、価格と味覚がつりあったものを頼んだ方がよさそうです（実験終了後は高価なワインに手を出さないことにした）。

高い山、高層ビルの展望室。高所恐怖症でないわたしは高いところが好き。飛行機から地球を眺めるのはもっと好き。もっとうんと上昇して、宇宙に行けたらうれしいな。

無重力の空間には、上も下も、左右だってありません。重力に縛られている地球を基準にしてはいけないのです。宇宙の大きさは無限大。いまだに膨張しているそうですから、測りようがないでしょう。その広さに比べたら、チビもノッポも、人間の身長なんて五十歩百歩。神様にはきっと同じに見えるはず。

なんだか気が楽になってきましたよ。こんどは小さいものを探しましょうか。

原子（アトム）の大きさは1億分の1センチ。理屈では分かったつもりでも、あまりに小さいとイメージできないね。無限大の宇宙も、ミクロの世界も、わたしには縁がないみたい。現実の、メートルの世界で生きていくことにします。

春きたる

日曜日の朝、天気晴朗なれども風強し。電線を鳴らす風音がいかにも冷たそうで、散歩に出る気にはなれません。暦の上ではすでに春、なのにセーターもコートも必需品。机があるのは北側の隅、出窓が1つあるだけの1日中電灯をつけていなければならない暗い部屋がわたしの居場所。「こんなうすら寒い部屋にいて、春を感じるのは難しいよねぇ」

だったら、えいっ、感じるより考えろ、というわけで辞書から春を探しましょう。

『春』（広辞苑より）

草木の芽が「張る」意、または田畑を「墾（は）る」意、気候の「晴る」意からとも四季の最初の季節、日本・中国では立春から立夏の前日まで、陰暦では一月・二月・三月、気象学的には太陽暦の三月・四月・五月、天文学的には春分から夏至の前日までに当たる。

ちなみに今年（2014年）の立春は2月4日、冬籠りの虫が這い出ることを意味する啓蟄は3月6日、立夏は5月5日。5月初旬といえば北海道では桜の見ごろで、熊本とは1カ月近く隔たりがあるから夏というより春の初め。日本列島はタツノオトシゴのように細長いのだし、自然は人間が作った暦通りにはいきません。どうやら新暦（太陽暦）でいう春にはいささか無理があるみたい。

旧暦（太陰暦）ではどうでしょう

旧暦の2月4日（立春）は新暦では3月4日、立夏にあたる5月5日は6月2日。ほぼ1月ずれていて、これならば季節感はぴったりです。

数の羅列であるカレンダーに囚われるのはやめにして、外を見てみましょうか。

春の花といえば梅。実家の梅は日当たりのよい南側にあるせいか、2月初旬から咲きはじめます。鶯の初鳴きは2月から、ツバメの飛来は3月初旬、光と色と音が溢れだし景色が賑やかになったときがそう、春なのです。

鉛色の空が少しずつ明るくなり霞がたなびくようになると、そろそろ衣替え。タンスの中を見渡して、黒のダウンジャケットをパステルカラーのスプリングコートに、ブーツをパンプスに替えただけでも気持ちがウキウキ弾みます。恋は無理でも、お出かけだけならわたしにだってできるでしょう。

それなのに体は布団のほうが恋しいみたい。なぜ目覚めが悪いのか、枕を抱えて考えてみました。

熊本市の日の出は夏至では午前5時9分ほど、冬至は7時16分。その差2時間。日ごとに早まる朝に対して体のほうはなかなか順応していかないようなのです。床に就く時刻は同じでも寝覚めを促される時刻の明るさが増し、前倒しになったように感じるので「まだ寝たりないよぅ」となるのかもしれません。いやいや屁理屈をこねずに、しゃきっとしましょうかね。明日こそはきっとうららなか1日になるでしょうから。

追記　時間が来ると次第に明るくなる調光目覚ましを買いました。枕元が照らされるので、否応なく目が覚めます。

しあわせ餅

由富医院の待合室のディスプレイは季節ごとに変わります。

4月だったら桜、背景は熊本城。昨年の3月22日、熊本城の桜は満開でした。なんとなれば熊本城の年間入園券「to城pass」を購入した日がその日だったからです（熊本地震が起こる前の話です）。

土曜日の午後、桜に惹かれて1人でお城を散策後「きれいだったよ、今が見ごろだよ」と報告したら、それまでソファでくつろいでいた夫が「それなら僕も」とカメラを持ち出し、たびたび訪れるならこちらのほうが得、と悟って1枚千円のカードを2人分購入したのでした。

桜は、5分咲きならば空を見上げてはにかんでいる姿を見るも良し、盛りを過ぎたら目線を落として地上に敷き詰められたピンクの絨毯を愛でるも良し。弁当をひろげてワイワイとみんなで騒いでも、1人物思いに浸る風情もまた様になる、言わずとしれた春爛漫を象徴する花で、花見と言えば桜というほど季節の行事として定着しています。

ただ残念なことに、桜の季節は雨が多い。夜は冷える。盛りも短い。茶の間でも風情を楽しめないか、と古人も思ったのでしょう。舌で味わう桜、花より団子の桜餅が登場したのでした。

熊本で桜餅と言えば餡を道明寺粉でくるみ、小ぶりの桜の葉で巻いたかわいらしい餅を想像します。ところがこの形は上方のもので、元来の形とは違うようなのです。

享保2年（1717年、徳川吉宗や大岡越前が活躍していたころ）江戸向島の長命寺の門前で売り出された餅が始まりらしく、現在も長命寺桜餅として隅田川のほとりで売られています。

関東風と上方風の一番の違いは「もち（皮）」でしょう。関東風のもちは薄焼きの小麦粉を巻いたものですが、上方風に用いられる道明寺粉（糒）はもち米。もち米を1度蒸して乾燥させ、さらに砕いたもののゆえ「もちもち」した食感が特徴です。

本場の桜餅はいかなるものかと、向島まで出かけてみたことがありました。元祖長命寺桜餅の店というからには伊勢の赤福に匹敵する大店かと思いきや、意外にこぢんまりとしています。支店も出さず、ネット販売もしておらず、商品は桜餅のみ。しかも餅は食紅で色付けしたピンクの皮ではなく、小麦粉本来の白。桜の葉も3枚、しかも大ぶりなので外して食べたほうがよさそうです。

実をいうと、わたしは餅そのものよりは巻かれている桜の葉が好きなのです。小豆餡としっとりしたもち（かわ）と少ししょっぱい葉、なにより大事な季節感、桜餅の神髄はこの四つのハーモニーに尽きます。皮が厚くて甘ったるい餅菓子は苦手ですが、桜餅だけは上方風、関東風でもどちらでもＯＫ。上品な桜餅を葉っぱごと頬張ると、それだけで口福（幸福）になれるのです。

10分間

タイムリミットは10分。

朝、熊本市のマンションから鹿児島本線の最寄り駅上熊本から上り列車に乗車すると、2駅先の西里から眠りに落ち、目的地の玉名の2つ手前、木葉駅で目覚めます。下り（帰り）はこの逆なので、途中の田原坂駅や植木駅は覚えていません。電車通勤をしているわたしは、毎日10分だけの仮眠を繰り返しているのです。

九州新幹線が開業する以前は、上熊本駅にも玉名駅にも特急が停まっていました。1時間のうち、普通列車が2本、特急が2本、計4つの選択肢があったのです。普通では26分かかる乗車時間も特急なら15分。わずかな間に居眠りをしようと思えば、乗り過ごさず安全に目をつぶっていられる時間は10分足らず。通勤に適応した居眠りのおかげで、未だに乗り過ごしたことはありません。

残念ながら新幹線開業後は特急がなくなり、上熊本駅も玉名駅も普通列車しか停まらないローカル駅へと転落しました。通勤時間が増え、選択肢は減ったのです。しかし居眠り時間10分は変わりません。居眠りタイムは15分の乗車時間に合わせたからであって、もし60分の通勤時間だったら4倍の40分になっていたでしょうか。泥酔状態ならいざ知らず、連続40分はわたしには無理です。しかしながら長時間の移動と居眠りが習慣になっている人ならば可能かもしれませんね。知らぬ間形成されている体の中のタイマーは、人により異なっているでしょうから。

わたしにとって車中の居眠りはいっときの至福の時ですが、広辞苑を引くと、いっとき(一時)は「ひととき、今の2時間に当たる」とも「わずかの時間」とも出ています。いっときの解釈がどうも大雑把です。近代以前であれば熊本弁でいう「うーばんぎゃ」でもよかったのでしょうが、今は誰でも時計を持っています。頻繁に電車が走っている都会ならいざ知らず、特急廃止で1時間に2本の普通列車しか走らない田舎では、時計は電車通勤の必需品。定時運行が自慢の日本では、ましてやビジネスの場において約束の刻限に遅れないことが「絶対」に重要なのです。

台所でもタイマーが活躍します。ラーメンを煮る時間も、3分とか、商品によっては4分、あるいは5分と細かく指定してあり、時間を守ることが絶対条件で、油断していると麺が延びてまずくなってしまいます。残念ながらわたしの体内には料理タイマーが形成されていないので、タイマーなしでは鍋から目を離すことができません。10分は、台所ではまったく役に立たないのです。

試合時間が決められているスポーツの場合、選手は残り時間を考えながらワンクールを戦っているのでしょうか。タイマーが狂うことはないのでしょうか。ウルトラマンのカラータイマーの3分間は、何を基準に決められたのでしょう。はらはらさせても、最後にはきっちり3分以内に勝負をつけます。30分の番組だから3分。その点、上映時間が2時間ある映画のゴジラは長々と暴れていますよね。

人間は、というと、相撲も4分ほどで水入りになるところをみると、人間、がっぷり組んで全力で戦える時間はそう長くはないようです。

もう1度楽しもう、オズの魔法使い

「オズの魔法使い」を読んだことがありますか。

映画やジュディ・ガーランドが歌う「虹の彼方に」を知っていても、1900年にアメリカの児童文学者ライマン・F・バウムによって生み出された原作は読んだことがないという人も多いのではないでしょうか。実はわたしもそうだったのです。そのわたしが面白さに目覚めたのは本屋のおかげとしか言いようがありません。ある映画の公開を機に、さまざまな翻訳本を一堂に並べ、読み比べをさせる展示が目を開かせてくれたのですから。

カンザスに住む少女ドロシーが愛犬トトと家ごと竜巻にさらわれ、辿り着いたのは魔法使いが治める国。家に帰りたいドロシーと、脳みそが欲しいかかし、心臓が欲しいブリキの木こり、勇気が欲しいライオンが、望みをかなえてくれるというオズの魔法使いに会うための旅を始め、やがて4人は…というのがストーリーで、あとは読んでのお楽しみなのですが、物語以上に翻訳者の個性が光ります。印象が異なるのです。

有名な、ドロシーが竜巻に家ごと巻きあげられるシーンを比べてみましょう。

「家がくるくるまわりながら、空中へうかび上がったのです。家は、ぐんぐん、高いところへのぼっていきます。」（山主敏子訳・子供のための世界文学の森・集英社）
「家が二度、三度ぐるぐる回って、ゆっくり宙に浮かび上がったのだ。まるで、気球に乗って空にのぼっていくみたいだった。」（柴田元幸訳・角川文庫）
「家がぐるぐると二度か三度回転し、回転したと思ったら、ゆっくりと空中に浮かびあがったのです。ドロシーは、まるで気球にのって上昇しているような気がしました。」（江國香織訳・小学館）

山主訳は子供向けにより易しい表現を心がけ、柴田訳の特徴はテンポの良さが心地よく、江國訳は女性の視点からドロシーの気持ちになって書いているような気がします。

原作は旅をする4人？　と1匹（犬のトト）の個性や魔法使いのキャラクターが際立っていて、設定を変えればいくらでもお話が続けられそうです。バウム自身も続編を書き続け、ミュージカルも作っています。物おじせず誰に対しても偏見をもたない主人公のドロシーは、宮崎駿作品のヒロインのようです。頭脳や心や勇気を求めてドロシーと一緒に旅をするかかし、ブリキの木こり、ライオンも自分の良さに気が付いていないだけで、みな素晴らしい仲間だと読者には分かりますから、子供だけでなく大人にも楽しめることでしょう。

脚本を手掛たこともあるわたしは、キャラクターに合う役者を当てはめながら読むというおまけも加わります。脚本は建築でいえば設計図。同じ間取りでも床や壁の素材、家具やカーテンの色など、予算や環境、住む人の個性でまったく違ってくるように、演劇も演出家、俳優が違えば別物と思えるくらい違う印象になります。400年も昔に書かれたシェークスピアの作品が未だに上演され続けるのは、さまざまな解釈ができるから。興味が湧いたら、可能な限り見比べるのがより深く楽しむコツかもしれませんね。

さあ日本の俳優さんであればだれをドロシーにしましょうか。それより脇役の、お供の3匹や魔法使いなどのほうが演じ甲斐がありそうですよ。あるいは人形劇にしたほうが、もっと面白さが際立つかもしれませんね。

なんてこったい

ポパイの気分になって、大げさな身振りで叫んでみましょう。

「なんてこったい」

どうです、なんでもない日常が、困ったことが、途端にドラマのワンシーンになったような気がしてくるでしょう。しかしながらこのセリフ、あまりに完璧にはまりすぎて、別の言葉に変換する試みがうまくいかないのです。

ポパイとはアメリカンコミックのキャラクターで、船乗り、ときには水兵として登場します。

腕には錨の入れ墨、パイプをくわえ、セーラー服がトレードマーク。恋人は超スレンダーで少々わがままなオリーブ・オイル、ライバルはごつくて大男のブルート。ハンバーガーが大好物で、片時も手放そうとしないのがウィンピー。ユニークな面々に囲まれて、今日もお人好しのポパイに訪れる「なんてこったい」な事態。さあ、どうするポパイ。

困った時になぜか現れるホウレンソウの缶詰。流し込む様に食べるとあら不思議。腕はモリモリ、怪力に変身して、あっという間に事件を解決するのです。

今にして思えば、ポパイは変身するヒーローだったのですね。

見るからに強そうで派手に暴れるヒーローたち、古代ギリシャ神話の英雄ヘラクレスやシュワルツェネッガーやスタローン演じる肉体派が正統ならば、弱者が強者に変身する物語だって人気があります。たとえば特殊なスーツを身にまとうことによって一般人（ただしとびっきりの大金持ち）が超人に変身するバットマンやアイアンマン。コスチュームで個性を際立たせるスパイダーマンやスーパーマン、日本では仮面ライダー。普段はおとなしい科学者なのに怒らせたら手がつけられない超人ハルクなど、いずれも変身するには、なにかのきっかけがなくてはなりません。

ポパイのそれが印象的なのは、薬でもなんでもない、ただの缶詰（！）のホウレンソウであることでしょう。

缶切り（当時の缶詰には必需品）も使わず片手でぐいと開けるのがなんともワイルドです。想像してみてください。危機一髪の際に缶切りでごしごし開けていたのでは間が抜けるでしょう。ここはぐっと一息に、大量のホウレンソウを摂取する。「おひたし」やサラダくらいの量では健康には寄与しても、ヒーローに変身するのは無理ですね。

ヒーローには決めセリフも大事です。

「なんてこったい」（Oh my Gosh）を「おやまあ大変」「やばい」に置き換えても、本来の訳「なんてことだ」でもすっきりしません。「冗談じゃないよ」「なんなんだこれは」もヒーローらしくないからダメ。ポパイに関しては、耳に残るセリフをつけた翻訳者に喝采を送ることにいたしましょう（ところで「なんてこったい」は標準語なのでしょうか？）。

未来予想

「高齢化社会の備えには、まず保険。絶対に必要です」

50歳を過ぎたころからでしょうか、勧誘される回数が増えたようです。

「あなたの年齢でしたら、○×特約がついているものをお勧めします」「年金型の保険はどうですか。解約返戻金のことを考えると、△年以上もっていたほうが得です。80歳まで据え置くと、年間これだけもらえます」

なるほどなぁと一瞬心が傾くのですが、80歳まで生きている保証はなく、たとえ生きていても今よりオシャレや旅行をする気力があるとは思えず、使うとすれば医療費だけのような気がするので、これ以上新たな保険に入る必要もないのでは、とためらってしまいます。

保険について詳しくは知らないのですが、病気や不慮の事故に遭うかもしれない、遺された人の生活の保障もしておかなければ、との心配をもとに発明されたシステムだとしたら、いかにも人間らしい配慮だといえるでしょう。寿命には限りがあり、将来は今より健康も収入もおぼつかないことを前提として、未来への安心料を払っているのですから。

実家には11歳（当時）になる犬がいますが、すでに老犬であり、あと数年しか生きられないと彼女が分かっているとは思えません。以前より力がなくなった、眠る時間が増えたと感じているかもしれないけれど、犬生の残り時間をカウントしたうえで、「将来を見据えて今はこう生きるべきである」と考え行動しているようにはみえないのです。

人間に飼われた時点で親兄弟との縁も切れたのですし、他の誰かと幸福度を比べることもないでしょう。今、この瞬間を生きる彼女は、おなかが空けば鳴いて催促するし、散歩に連れ出せば喜ぶし、人間はそんな無邪気な?表情をみて癒されているのです。

どうやら人間は、文明とともに気苦労の種も増やしてしまったようです。自然と共に生きていた原始人の頃は、病気になろうが怪我をしようが運命を受け入れ、あがくことも、財産に固執することも、子供や後継者のことで心を悩ませることもなかったでしょう。時間の概念が生まれ、死を意識したときから、煩悩が生じたのかもしれません。「なるようになるさ」と割り切れることができれば、年をとるのは嫌だと悲観する気持ちが薄れるに違いないとは思うのですが…。

寿命の長短はあるにしても、誰しも、たとえ若死にしたとしても晩年という言葉は存在します。今がもうそれに当たるのか、10年後なのか、神ならぬ身では知ることは不可能です。知らぬがゆえの不安もあるけれど、明日があると信じるからこそ希望をもって頑張れることだってあるでしょう。悔いを残さず生き切るための秘訣は、やるべきことを後回しにしないこと。「いつやるか、今でしょ」というセリフが大うけしたのも、皆さん内心では「そりゃそうだよね」と共感があったから。その後の林先生の大活躍をみれば、いかにインパクトが大きかったかが分かりますね。

追記　先年、夫が58歳でなくなりました。年金を払っただけで貰えない現役での死。わたしに収入があるので遺族年金もありません。犬に倣って将来を思い煩わず、究極「今」を生きるしかないと実感しています。

人こそ力

これは夢の中の話です。

ある朝、玉名駅の前を通りかかると、そこにあったはずの肥◯銀行の支店が取り壊されているではありませんか。

「おや、銀行を建て替えるのですか」

足を止めた人々が行員に尋ねます。夢の中で行員はこう答えました。

「離れた場所に新幹線の駅ができたので、鹿児島本線の玉名駅の乗降者は減ってしまったし、コンビニにもATMがあるからこの支店は必要ないでしょう」

人々は驚き「口座の開設や融資の相談ができなくなるじゃないか」「宝くじに当たったときの受け取りに困る」との声を上げたのですが、「その件に関しては本店で対応します。人件費やら建物の維持管理を考え、無駄を省く必要がありますので」と夢の中の行員はすげない答え。無表情な姿はアンドロイドをおもわせ、血の通った人間と話している気がしません。集まった人々は、なんとなく腑に落ちない表情を浮かべながらも、まぁしょうがない、と諦めて立ち去り、わたしも夢から覚めたのでした。

以来、わたしは銀行の前を通るたびに、それとなく中の様子をうかがっています。お客さんはいるだろうか、勝手が違っていないだろうか。新たな口座を作る気はないけれど、融資の相談にいったこともないけれど、銀行であれなにであれ、なくなるのは困ります。個人営業の薬局も、ラジコン専門店もパン屋もお好み焼き店も駅前から消えてしまった今、さらに銀行まで消滅してしまったら…。寂しいというより、侘しい。景気が悪くなる一方で「縁起でもない」。

たしかにお金の振り込みはコンビニでも可能で、カード決済にすれば現金もいりません。新聞を読まなくても情報はテレビやネットで入手可能ですし、通販のほうが安く買えるものもあります。機械相手だったら気兼ねもいらず、言葉遣いに気をつける必要もなし、良いことだらけじゃないか、という人もいるでしょう。確かに便利だし、否定はしないけれど、人間好きなわたしからすれば、刺激に乏しいネット社会は面白くありません。

人が集まると活気が生まれます。景気が良くなった気がします。お祭りや花火もみんなでワイワイ見るから楽しいのです。個人で使うお金はたかが知れているかもしれないけれど、賑やかというだけで心が浮き立つのです。

幸いなことに銀行はまだ移転していないし、近所の閉鎖されていたスーパーも新装開店する予定だそうですよ。閑散としていた商店街に活気が戻る日も近いでしょうか。元気の源は希望とそうぞう（想像と創造）力。そうぞう力の素は夢見る力。どうか明るい夢だけが実現しますように。

追記　スーパーはやはり閉店しました。銀行はまだ存在していますが、行員の来訪は打ち切り。用があれば本店へどうぞ、とそっけない。ＪＲ九州の戦略で駅のキオスクもなくなりました。以前は待ち時間を利用して売店でおにぎりやパンが買えたのに、ローカル駅に転落させられた悲哀を感じています（令和になったら駅の時計まで外された。あんまりでしょ）。

自己流はダメよ

わたしには朝の習慣と呼べるものがあります。体をぐるぐる回し、アキレス腱を伸ばして、こわばった体をほぐすのです。運動ともいえないほど簡単なものですが、体のアイドリングを怠ると頭が目覚めてくれないので、旅先でも欠かしたことがありません。

しかしいくらなんでも、でたらめすぎるのではないか。ラジオ体操第1と第2をごちゃまぜにして、端折った動かし方で、本当に効果があるのかと、不安が頭をかすめます。いまさら講習会に参加するのも恥ずかしいなぁとためらっていて、はた、と閃きました。そうだ、世の中にはインターネットという便利なものがあるじゃないか。遅ればせながら、NHKのテレビ体操を検索してみると…。

パソコンで映し出される人物の動きには見覚えがあります。ふむふむ、これなら大丈夫。しかしながら画面が小さいせいか足元が見えません。そこでさらに図説ラジオ体操を見てみました。

まずは伸びの運動。腕を前からあげて背伸び。ポイント、かかとは上げない。

えっ、かかとはつけたままなの。この時点ですでに自己流体操は失格です。

次、腕を振って脚を曲げ伸ばす運動。かかとは上げる。

3、腕を回す運動。かかとは上げない。4、胸をそらす運動も、かかとは上げない。うしろにそらす運動では、原則として膝を曲げてはいけないようです。真剣に見比べると、なんとまあ間違いだらけ、「すこしのことにも先達(指導者)はあらまほしき事なり」徒然草で兼好法師に喝破されているのは、もしかしてわたしのような人のこと？

実をいうと、先達がいるのなら古武道、それもナンバ走りを習いたいのです。誤解されているようですが、手と足を同時に出す走り方ではありません。実際は脚部と胴体上部の連携を重視した効率の良い動きを指すらしく、古武術研究家の甲野善紀氏が紹介し、末續慎吾選手も取り入れていたことで話題になりました。

胴長短足のわたしですから、日本人の体型にあった運動に憧れます。以前は薩摩神刀自念流剣詩舞を習っていて師範の免状を持ち、弟子もいました。残念ながら館長の死去と共に道場が閉鎖したため、やむなく断念。ときおり思い出して踊ってみるのですが、型が崩れてしまっていて、現在は人にお見せできる腕前ではありません。

人吉の丸目蔵人を始祖とするタイ捨流も、もう20歳若ければ習いたかった。理にかなった動きをもつ古武道であればこそ自己流は禁物で、生兵法は大怪我の基です。とりあえず今日からはネットの画像を参考に正統な体操にチャレンジします。1年後、わたしの体には変化があるでしょうか？

追記　現在NHKでは、よりマニアックな「みんなで筋肉体操」という番組が人気です。時間より質、たったの5分で貯金ならぬ、貯筋！　ができるからなのだそうです。いまさらムキムキの体にはなりたくないけれど、足弱になるのはもっと困る。できるかぎり週に3回は、30分以上の速足散歩を心掛けています。

1年に1度だけのもの

なぜこの日が1月1日なのだろう、誰が決めたのかなぁと不思議に思ったことはありませんか。

明治の初めまで、日本人は太陰暦を使っていました。月の満ち欠けを基準にして作られた暦で、29日の小の月と30日の大の月を交互におき、12カ月を354日とし、30年に11回の割合で、大の月を2度続けるというものです。

1日（朔日）は必ず新月、15日は満月。月ならば誰にでも見ることができるから、カレンダーがなくても今日が何日なのかを間違えることはありません。

ところが明治になり、西洋との付き合いを始めると、暦の違いが混乱をまねくようになりました。欧米に倣えと、政府は明治5年の11月9日に、突如12月3日を明治6年の1月1日とするとの改暦詔書をだしたのです。

12月はたったの2日だけ。急な改暦の真相は官吏の給料節約という政府の懐事情のせいらしいのですが、乱暴な話と憤っても暦を決めるのはお上の権限なので、文句は言えません。

今上天皇が御健在である限り、今年は平成27年（当時）です。西暦もキリストが誕生したとされる年を紀元元年と定めた人為的なもの。将来、キリストよりももっと影響力がある誰かが現れたとしたら、暦も変えられるかもしれません。

1年のはじめ、正月はどのように決まったのでしょう。

辞書を引くと、古代エジプトでは秋分、バビロニアでは春分、古代ギリシャでは冬至が1年の変わり目とされていたようです。太陽ののぼる方向や日の長さを測って決めるから、自然の理に適っています。それにひきかえ現在のグレゴリオ暦はローマ教皇が制定したもので、未来永劫に使われるという保証はありません。

年の瀬が来る度に思うのですが、お正月ほど賞味期限が短いお祝いはないですね。「あけましておめでとうございます」と書かれた年賀状を出せるのは松の内だけで、期限を過ぎると寒中お見舞いになってしまいます。

御節料理も3日続けて食べると飽きちゃうし、もうすぐ仕事に復帰かと気が重くなります。だって次の正月休みまで11ヵ月以上もあるのですよ。5月の連休までは我慢、我慢。5月の次はお盆休み。9月も今年は連休ですね。年の前半は頑張って仕事をして、夏を過ぎると歳月は一気に加速。1年の折り返しが6月だということを忘れてしまいそうです。

そうそう、年賀状並みに賞味期限が短いものがもう一つ、床の間に飾ってありますよ。それは干支の置物。

今年は未年。だったら昨年は？「午」。次の出番は11年も後のこと。置物を購入するのは年末で、年が明けたら干支は話題にも上りません。年賀状に使った干支のスタンプも取り置きしているけれど、溜まっていくばっかりで、どうしたものか思案中です。

生き残り戦略

先年、河原や山中で、捨てられた犬が見つかるという事件がありました。チワワやプードルなど、ペットとして人気の犬たちです。でももし、犬たちが雑種だったらニュースにはならなかったことでしょう。

ちょっと前まで、野良犬は珍しくありませんでした。20年以上前に飼っていたのは、弟が散歩の途中拾ってきた犬です。道端で傷つき鳴いていたのを手当てし、そのまま飼うことになってしまったのでした。誰にでも尻尾を振り、腹を見せ、相手にされないと悟ると脱兎のごとく逃げていくのを見ると、愛玩犬とは違う生き物のように感じました。人間の怖さ、生きる辛さを知っていたからでしょう。人間に心を許すことはなかったのです。

猫はどうでしょう。野良犬は減っても、野良猫を見ない日はありません。カラスにでも襲われたのか、体にいくつもの傷があり、足が不自由になっている猫を見かけたことがあります。マムシと格闘し、相打ちになり亡くなった子猫もいました。猫族は基本的に単独行動です。誰にも頼らない生き方を選択すれば、自由と引き換えに厳しさと向き合うことになるのです。

他人ごとではありません。わたしだってロビンソンクルーソーのように無人島で生活しなくてはいけないはめになったら、生き残るのは無理です。いかな屈強な男子であっても最低限の装備がなければサバイバルは難しいでしょう。

ナイフ、これは必需品です。火と水、この2つをどうやって確保しましょうか。ギリシャ神話の神、プロメテウスは人間のために天上から火を盗み出してくれました。火を自由に扱える、このことが人間をほかの動物より強くしたのです。火は武器にもなり、食べ物の種類を増やし、寒さにも闇にも対処できる希望の象徴です。最初に火をおこす方法を発見した人をわたしは尊敬します。これほど人類に貢献した発明はないのですから。

しかし火があっても鍋がなくては煮炊きできません。寒さをしのぎ、怪我から身を守ってくれる衣服も大事。針も糸も、布を織る技術もなければお手上げです。

明治生まれの祖母は、野草にも詳しく、庭で野菜を作り、味噌や漬物も手作りでした。昭和生まれの父でも草鞋や下駄を作れます。戦前の自給自足に近い生活を体験している人は強いのです。戦後生まれのわたしでも、小学生のころは下校途中で道草を食っていました。つまみ食いするのは桑の実、野イチゴ、杉の新芽、川ではエビが釣れました。

お金をかけなくても食べるものはあったのです。自然がなくなった現代、電気や水道などインフラがストップしたらどうやって生き延びればよいでしょう。せめてキャンプ術でも習っておけばよかったと、ちょっと後悔しています。

追記　熊本地震では電気も水道もストップ、サバイバルが現実に起きてしまったのです。さいわい東北地震の教訓から、懐中電灯や簡易トイレを用意していたので、1日はしのげました。しかし水がなくては暮らせません。水道が復旧するまでの10日間は実家に身を寄せる羽目になりました。地震から得た教訓は、鍵や免許証、お財布などは、すぐ分かるところに置いておくこと。家具は倒れてしまうので、タンスの中はダメ、最低限のお金と鍵がなくては家を留守にすることはできません。わたしの場合、停電し真っ暗な中で、散乱しているもののなかから鍵を見つけ出すのに一苦労しました。

夜

春。寒気が緩み、日の出が早くなった分だけ、夜が短く感じられるようになりました。そこで目からうろこが落ちる話をひとつ。現代と昔では夜のイメージが違うらしいですよ。都会の夜は騒々しく、星明りも見えず風情がない。昔の夜は静かだからよく眠れたに違いないと現代人は夢想するのですが、それこそ驕りらしいのです。

昔の夜は昼間とは違う、闇に包まれた異次元の世界。テレビも電灯もない時代の夜は、いまよりずっと長く感じられたはずです。試しに明鏡国語辞典を引いてみましょう。

「夜」のイメージとは

①暗くて物が見えない　②休息と睡眠の時　③放逸と遊蕩の時　④犯罪と悪徳の世界

となっています。正反対のイメージを併せ持つもの、それが夜なのです。

夜、戸を叩くのは恋人だけでしょうか。闇夜に潜む百鬼夜行（鬼や妖怪、得体のしれないもの）の類、盗賊やオオカミかもしれません。建てつけの粗末な家では、雨漏りや風の音、動物の気配にも脅かされたことでしょう。灯りがあっても、ろうそくや提灯は限られた範囲しか照らしてくれません。見えるのは足元だけですから、遠くからくる何者かを映し出す手段がなかったのです。

改めて振り返ると、人間は「安全」に多くの時間と労力を費やしてきたことがわかります。

家の造りもそうです。夜露をしのぐためだけだったら洞窟でもよいでしょうが、適した場所は限られます。道具を工夫して家を建てることにより、場所を選ばず暑さ寒さをしのげるようになりました。外出先の家ともいえるホテルが提供してくれるのは、安全な寝場所です。バストイレがない部屋でも、布団だけはあるのですから。

夜遊びが楽しいのは、本来は休息にあてるべき時間にはしゃいでいるからでしょう。背徳の匂いするほど、誘惑も強くなります。昼夜逆転の生活が続けば、精神状態にも影響を及ぼしそうです。

現代の住居は昔よりずっと快適なはずですが、その分だけ暮らし良い社会になったわけではありません。つい数10年前まで、夏は窓を開けている家が多かったのに、今では締め切らざるを得なくなりました。「何も悪いことをしていないから、殺される心配はない」という母の口癖はもはや通用しなくなったのです。街には街燈が灯り、タクシーの中でも、エレベーターでも、コンビニでも、いたるところに防犯カメラが設置されている、それなのに犯罪はなくなりません。鬼よりも恐ろしいのは、「人」なのです。

追記　大河ドラマ「いだてん」のなかで、ストックホルムオリンピックに参加した金栗四三が、白夜のために生体リズムを狂わされて眠れず、ストレスを感じるというシーンがありました。確かに1日中明るいと、慣れない人間にとっては安眠できなくて大変でしょう。日本には白夜はありませんが、夜でもテレビやスマホなど光るものから目を離さない人が増えています。安眠には睡眠薬よりも静けさとリラックスの方が大切ではないかと思えるのに、そういう方に限って、「テレビを見ているうちに眠くなるから」、と言われるのです。高齢者にとってテレビは子守唄替わりなの？　昔の人には想像もつかなかったでしょうね。

数合わせを楽しもう

今、宮部みゆき著「本所深川ふしぎ草紙」（新潮文庫）を読んでいます。江戸は本所の7不思議を材に採った短編集ですが、読み進むうちになぜ「7」なのかが気になってきました。

古代世界における7不思議の本来の意味は、素晴らしい7つの景観（建造物）だそうです。選ぶ人によって7の内訳はさまざま。ピラミッドのように現存するものはまれで、多くは失われているのですが、古代のロマンを感じさせます。

対して日本の7不思議は怪しいもの、訳の分からないもののオンパレード。地方色豊かだけれど、その分スケールが小さい。それにしてもどうして7でなくてはいけないのかが気になります。縁起の良い8よりも1つ足りない数だからでしょうか。いやいや、これは屁理屈ですね。

さてここからはお遊びです。数合わせを楽しみましょう。

1　唯一　ナンバーワン

2　東西の横綱、両輪

3　3美人　3種の神器　3冠馬　三顧の礼など　3は限りなくある
4　4天王　4大文明
5　五感　阿蘇の五岳　仏教の五戒　五穀
6　六歌仙　六調子　6大学野球　六法全書
7　七福神　7変化　七曜　七草
8　南総里見八犬伝　8のつくことわざは多いけれど、ベストエイトは少ない
9　ベストナイン　野球好きなら楽しめる。それ以外のスポーツでは?
10　トップテン　モーゼの十戒

調べてみると、3つ選ぶ遊びが一番多いようです。

球磨地方には3大急流の球磨川（他は富士川、最上川）、3大車窓の肥薩線矢岳越え（他は根室本線の狩勝峠越え、篠ノ井線の姥捨て駅車窓）があり、自慢できます。酒ランキングを見てみると、あれれ、熊本の酒の知名度がいまいちのようですよ。個人的には米焼酎がいちばんうまいと思うのですが、宣伝上手の鹿児島の芋に押されているようで、残念。

要するに数合わせとはある種の自慢やこじつけなのです。我田引水であってもよし、

と開き直って、3美人やら7不思議を数え上げましょう。クレオパトラと楊貴妃にはかなわなくても、○○小町であれば、ほら、近所でも見かけるでしょう。本所の7不思議にしても、片葉の芦、送り提灯、置いてけ堀、落ち葉なしの椎、馬鹿囃子、足洗い屋敷、消えずの行灯（諸説あり）と洒落としか思えない内容で、それくらいだったら人吉城の織月や幽霊の掛け軸など球磨だって負けてはいません。7つ選んで売り出しましょう。瓢箪から駒で、案外、面白がって話題になるかもしれませんよ。ともあれ、老婆心ながら1つだけ忠告を。

選ばれなかったからといっても恨みっこなし。油断すればもちろんランク堕ちする危険性も。そういえばミシュランの格付けも変動があるようですね。星の数で客の入りがちがってくるから、選ばれる方も大変です。

アラ！　探し

前回、7不思議や3美人など数合わせを楽しもうと提案しました。

さらに発展させて、今回のテーマは「アラ！」。

欠点を探すのは粗探し。驚いたとき口にするのは、「アラ、おや、まあ」。身の回りにどれだけ愉快なものを見つけ出せるか、探偵気分でアンテナを巡らせてみましょう。

たとえば「よいしょ」。重い物を持ち上げるとき、あなたはどんな掛け声を口にしていますか。

「どっこいしょ」「そーれ」「えーんやこら」重くなくても、椅子に座るだけでも、よいしょと声に出してしまう、まったく意味がない言葉のようでも、なぜか掛け声をかけてしまう、それも人それぞれに口癖がある。掛け声収集家になろうと思えば今からでも始められます。

「納豆に何を混ぜるか」も研究対象になるでしょう。昭和まで熊本の納豆にはタレでなく塩がついていました。私も当然のように納豆には塩だとおもっていました。それなのに関東で納豆に塩を振りかけようとしたら驚かれたのです。東京人は「醤油に決まっている」と主張します。卵にねぎという人もいます。東北の人は砂糖をかけて食べていました。卵かけごはんの食べ方も違います。卵に醤油を混ぜそれをご飯にかける、それでは美味しくないというのです。ある番組では、卵をそのままご飯におとし、その上に醤油をかけ、それからおもむろにご飯と卵と醤油を混ぜて食べていました。味の好みも人それぞれ。だからこそ料理ショーの番組が成立するのです。

珍百景を紹介する番組もありますね。奇抜でなくてもヘンテコな風景を発見し、毎日に活を入れたい方の入門編には、先日亡くなられた赤瀬川源平さんの本「超芸術トマソン」（ちくま文庫）をお勧めします。とにもかくにも路上観察のコツは「オヤ、これはなにかな」という目で風景を眺めることです。

出入りには不向きな場所にあるドア。用をなさないカーブミラー。ただひたすら前を向いて歩くのではなく、目線を上に下に動かして観察するのです。古い看板の中には貴重な品も交じっています。廃盤商品の看板を見つけたら、その日はラッキーです。琺瑯（ほうろう）看板の収集家なら垂涎物の廃屋だって、熊本には少なくありません。ひそかに写真にとって残しておきましょう。

白内障手術予定のご婦人が、ホーム仲間の男性から「あんたは手術してまで粗探しをしたいんか」とからかわれ立腹していたのですが、そんなときは「そうよ、わたしはすっきりした目で、アラ！　面白いと思えることを探したいの」と軽くいなしてみてはいかがですか。つっこまれたらボケで返す。ユーモアは「アラ！　探し」の秘訣です。

それにしても、からかった老人は、彼女の気持ちの若々しさにちょっぴりやきもちを焼いていたのかもしれませんね。

雨に濡れても…

脳科学者の中野信子さんは、雨が降っても傘を差さない主義だそうです。某番組でも、びしょ濡れでスタジオ入りしていました。風邪をひかないか心配なところですが、「ひいても治るから大丈夫」なのだそうです。

中野氏に倣ったわけでもないでしょうが、傘を持っているのに差さない男性、水たまりでも平気でサンダルで歩いていく女性、雨なんか平ちゃらな人もいるのですね。そうそう、雨が似合うシーンと言えばこれ、御存じ、新国劇の十八番、幕末の剣士月形半平太と芸者雛菊の逢瀬の場面。

「月様、雨が」

「春雨じゃ、濡れてまいろう」

映画で演じるのは長谷川一夫と山本富士子（１９５６年作）。稀代の美男美女の組み合わせで、その色っぽさはたまらない、と言いたいところですが、わたしはまだ生まれていないので、リアルタイムでは見ていません。とはいえ、濡れて様になるのは霧雨まで。大雨ではさすがの半平太も傘を差したほうがよろしいようで。

わたしは、というと、もちろん絶対に傘をさす人です。1年中、雨の日も、暑くても寒くても、手袋、帽子のいでたちで通勤します。頭が冷えると風邪をひいてしまうし、熱中症に罹かった経験から、帽子と日傘は必需品。びしょ濡れの衣服は気持ち悪いので、ちょっとの雨でもレインコートと雨靴を履きます。旅行に欠かせないのは、折りたたむと10㎝まで小さくなるレインシューズ。便利ですよ。

いささか大げさないでたちですが、この格好をするようになってからは通勤時の雨が苦痛ではなくなりました。水たまりだって平気の平左、すたすたと闊歩しています。美人でも脳科学者でもないわたしが濡れ鼠では、みっともないだけですからね。

もう一つ、雨の歌を。大正14年作、北原白秋と中山晋平の童謡「あめふり」。

あめあめふれふれ、かあさんが…から始まり、次の歌詞が

蛇の目でおむかい、うれしいな

わたしは最近まで、「おむかい」を「お迎え」と歌っていました。ああ恥ずかしい。

傘もこのころまでは蛇の目。昔の雨具は菅笠と蓑、江戸時代からは和傘と雨合羽。もちろんゴム長靴はありません。ジャンプ傘も折りたたみ傘も、ビニール傘も普及したのはつい最近。とはいえ、傘の形そのものは古代中国の出土品をみても、基本はそのまま

です。未来の雨具はどんな形になっているのでしょうか。水滴を察知したら、サッと開いて宙に浮び、雨からすっぽり守ってくれるドームを誰か発明してくれませんかね。

追記　傘を差さない人たちにお聞きしたい。1日中、濡れた服のままで過ごすのですか。気持ち悪くないですか。自衛隊は傘を持たない、これは分かります。傘をさしての戦闘なんてありえませんからね。この一件だけでもわたしは自衛隊には入れません。ある意味、傘をさして歩けるのは平和だからでしょう。戦争のない時代に生まれてよかったな。

夏の訪問者

マンションに住んでいると告げたら、「まあ、それじゃあ虫がはいってこないでしょう。うらやましいわねぇ」と明石市で一軒家にお住いの、さるご婦人から言われてしまいました。

ちょっと高台の、アジサイやシャクナゲや、山椒の木まである瀟洒な庭。春には鶯の声も聞かれます。「優雅ですね」と、うっとりと眺められているのは門外漢だからこそ。住人からすれば「とんでもなく」やっかいな住まいらしいのです。

「自動車に乗ると、必ず蚊も紛れ込んでくるのよ。窓を開けて追い払ってからでないと、気になって運転もできません」蚊を追い出すのは免許を持たないご主人の役目。秋になれば虫の声がうるさくて、眠れない夜もあるのだとか。

自然に恵まれた生活は、虫とも近い。コンクリートの箱でしかないマンションでは、セミの声も、ときには雨が降っているかさえ分からないときがあるけれど、蚊取り線香ともゴキブリ退治とも無縁なことに今更ながら感謝したくなりました。

実家の犬（キャバリアのメス、当時12歳）は、普段なら泥棒が入っても吠えそうもないくらい寝坊助なのに、夏だけは玄関の壁に向かって一晩中吠えています。目線の先にいるのはヤモリ。いくら吠えてもヤモリは知らぬ顔。相手にするのはよしなさい、と諭しても、犬に日本語は通じません。同じことを12年も繰り返すなんて、いい加減、無駄だと学習してほしいものです。

ヤモリには毒もないし昆虫を食べてくれるから、フンさえ我慢すれば愛らしい小動物ではありませんか。ところで、わたしはヤモリを家守だと思っていました。本当は守宮と書くのですね。守宮の読みがヤモリ。ホントに、日本語は難しい。

登場するだけで大騒ぎになるのは、ムカデ。診療所にまで侵入するから、従業員は慌てます。「ほらほら、キンチョール。蝿叩きも持ってきて」。騒ぎをみかねた患者さんが、「えいっ」踏みつけて退治してくれました。

ムカデもゴキブリなどを食べてくれるから人間の役に立たないこともないのでしょうが、なにしろ噛まれると痛い。ムカデにかまれたという患者さんは多いのです。夜、顔がムズムズしたから何気なく叩いたらムカデだったと、目を腫らしてやってくる人もいます。治療方法は?　人吉で被害に遭ったら吉村医院を受診してくださいね。玉名市だったら由富医院にどうぞ。

ムカデをペットとしている人もいるそうですし、「絶対に後ろに下がらない」という俗信から、戦国時代にはムカデにあやかった甲冑や旗指物を使っている武将もいました。甲斐の武田氏の伝令部隊は旗印から百足衆と呼ばれ、名誉な印であったそうです。伊達政宗の重臣、伊達成実はムカデの兜で有名でした。商家でも「客足が多い」縁起物として扱われることがあるのだとか。しかしわたし個人はノーサンキュー。友達になるのは、噛みつくことがなく、音色が美しい虫だけにしたいものです。

お宝よ、姿を見せて！

わたしの趣味は絵画鑑賞です、と言い切れるほど詳しくはありませんが、絵が好き、という男性と結婚してからは、確かに美術館に行く回数が増えました。彼の好みはわたしのそれとは多少異なっていますが、夫婦といえども他人ですもの、違っているのが当たり前。だからこそ面白いのですけどね。

しかし世の中には芸術にはとんと興味がない、という人もいます。「いままで美術館に行ったことがない」という後輩に出会った時は驚きました。最初は「まぁ人それぞれだから」と思っただけなのですが、それこそ現代人の勘違い。彼女の言動は案外本質をついているのかもしれないのです。

わたしがいるのが200年前の熊本だとしましょう。庶民であるわたしは、絵巻物も青磁の器も見たことがないと断言できます。世の中にそのような美しいものがある事すら知らないかもしれません。目にすることができるのは仏像と絵馬くらいかな。殿様の調度品はいわずもがな、庄屋さんが持っているお宝だって、わたしにはとんと縁がありません。写真もなければ美術館もない時代ですから、ごく限られた人たち以外は、実物を愛でる機会がなかったのです。

ダビンチ作のモナリザを例にとってみましょう。

平成の世に生きているわたしは、モナリザを見たことがあります。ただしルーブル美術館で人の頭越しに遠くから「見た」のであって、鑑賞したといえるほどじっくり眺めたわけではありません。モナリザが有名な絵だと喧伝されているから知っているのであって、もしわたしが江戸時代の日本の庶民だとしたら、「あの暗い絵のどこが素晴らしいの?」と首をかしげるかもしれないのです。

現在では有難いことに、かなり有名な絵や彫刻でも日本にやってきてくれます。（熊本にはめったにこないけれど）ただしそこで展示されている絵は、本来あるべき場所と違う姿で置かれているはずです。床の間にあったはずの掛け軸も、厨子に納められていた仏像も、部屋の間仕切りであった屏風も、明るいライトの下で他の調度品と並べて展示されています。仏像や宗教画のような信仰の対象だったものが美術品として扱われていることに、申し訳ないような気さえしてきました。

そうはいっても美しいものを目にすることができるのは幸せなことです。いや、もしかすると超高価なものは美術館なぞには寄贈されず、密かに隠し持たれているに違いありません。もっと希少なもの、古代のお宝は、いまだ地下深く眠っていることだって考えられます。明日、犬を連れて畑を耕していると「ここ掘れ、ワンワン」鍬の先からお宝が顔を出す。それが小判でなくても、夢のある話ではありませんか。

追記　現在では殿様の収集品にも相続税がかかります。先祖が集めたものなのに、税金が高いから今では手元に置いておくことが難しいのだそうです。お宝鑑定のテレビ番組で値がつくと、相続時に税務署がやってくるのだとか。密かにお宝を隠し持っている人がいるのも、やむを得ませんね。さらに高額なものなどは、どこかの大富豪の小部屋で、一人占めされているに違いありません。

人間のしっぽ

おや、なんだか変だぞ。

ラジオから流れてきたパーソナリティーの声に、おもわず首をひねってしまいました。

「動物にはあるが人間にはないもの、それはしっぽです」

確かに人間には猫や犬のような尻尾は見当たりません。でも皮膚を透かして見れば、あるのです、人間にも尻尾の名残といえるものが。その名は尾骨（尾てい骨）。

尾骨は脊柱の最下端にある骨で、4～5個の尾椎が融合してできている骨です。「おのほね」とも呼ばれ、尻尾の痕跡になっています。動物としてのヒトも、子宮の中で胚と呼ばれる時期には尾があり、胎児へと成長するにつれ姿を消してゆく様子は、進化の過程をたどっているかのようです。とはいえこれらの事実は医学が発達したから分かったことで、昔の人は多くの動物が持っている尻尾がゴリラやヒトにはないことを、不思議に思っていたことでしょう。

もしヒトに尻尾があったなら。ちょっと想像してみてください。

その尻尾はネコ型、それともイヌ型でしょうか。ネコであればバランスを取るために長くて先端が揺れているかもしれません。イヌならばネコより太く、感情や状況によって立てたり振ったり、しゅんとなったりと忙しいことでしょう。ネズミ型ならもっと細く、リス型なら立派。ゾウならば、お尻の周りだけハエを追うようにちょこちょこ振る。怪獣の尻尾だったら、一振りで相手を倒す武器になる。ヒトも霊長類ですからオナガザルに似たとすれば、尻尾はより長く、木登り生活にも適応できるかもしれません。

どのタイプの尻尾であれ、お尻から何かが突き出ていると、服が困りますね。スカートや着物はダメ。男女ともズボン。おや、待ってくださいよ。ズボンに穴をあけて尻尾を出すスタイルだと、脱ぎ着が大変ですね。トイレに行くのも一苦労。イヌ型であれば感情をすぐ読まれてしまうので、隠し事はできません。ヒトは尻尾が退化したことで、言い換えると動物らしさを失うことで、文化を持てたといえなくもないのです。

外見からは消えてしまった尻尾ですが、どっこい、言葉の世界では生きています。

「尻尾を出す」隠していたごまかしや悪事が露見する。
「尻尾をつかむ」悪事やごまかしの証拠を押さえる。
「尻尾を振る」こびへつらって他人に取り入る
「尻尾を巻く」負けてすごすごと逃げる

「トカゲの尻尾きり」責任を回避するため、上位の者が下位の者を切り捨てること

いずれにしても良い意味ではありません。人間には見かけ上尻尾はないはずなのに、尾を悪事に例えたところをみると、もしかしたら昔の人も隠れた尾骨のことを知っていた！　のでしょうか。

追記　映画にでてくる悪者、悪魔やバイキンや異星人には尻尾や羽が生えています。頭や限られた部位にしか毛がなく、裸はつるりとしていて、最低限の服をまとっているのが人間である証し。分かりやすい設定ですね。

心配の種

知人の親御さんは、超の付く心配性だそうです。

40歳を過ぎた彼女が友人と宮崎までのバス旅行を計画したときも「女性同士で大丈夫?」と不安がり、少しでも帰宅が遅れようものなら「襲われたのでは」と玄関でずっと待ち続け、仕事で出張の際にはお茶断ちをして無事を祈るのだそう。

「ありがたいといえば、それまでだけど」彼女は苦笑を禁じえません。

「お見合いをしても、彼氏ができても、心配するから交際が続かない」ので、彼女はいまだに独身です。ここまでくると心配症というより苦労性。「心配するのは自分のことだけにしてほしい。わたしはもう大人なのよ」懇願しても高齢に達した母親の心配症は加速するばかりで、いずれ独りになる彼女のこれからのほうを心配してしまいます。

彼女のことを思い出したのは、わたしの夫に病気が見つかり手術をすることになった際、彼がいとこに打ち明けるかどうかを悩んでいたからなのでした。

「治った後で報告したらどう?」

「そうはいかないよ。彼女は心配性なんだ。母親と夫、2人を相次いで亡くしているから、余計に心配するのだと思う。黙っていたら、怒りだすかもしれないよ」

この会話の最中から、それまで気にも留めていなかった「心配」という言葉が頭の中でグルグルと回り始めました。

心配を辞書で引くと、①心を配って世話をすること。配慮　②心にかけて思い煩うこと。気がかり。と出ています。心配とは「こころくばり」の漢字表記を音読みした語であって、本来の意味は①のようです。これが心配性となると、苦労性と同じ（大辞林）となり、「少しのことでも気に病んで、あれこれ心配する性質」に変わってしまいます。心配（配慮）するのはよいことだけど、苦労性がすぎると相手に不安を与えかねません。

実は夫に病気が見つかった時も退院した現在も、わたしはまったく心配をしていません。心配という言葉すら思い浮かばなかったのです。

医者という職業上、最善の治療法は何か、闘病生活には何が必要かということが課題であって、常に現実的に考えてしまうからでしょう。病でなくても、困ったことが起きたときにはどう対処すべきか、次の一手を考えます。たとえば旅行に出かけて大雨になったときには、交通手段を考え、濡れても大丈夫な服装を整え、それでも窮した時は「なんとかなるさ」と腹をくくります。すると世の中は、なんとかなるのです。

前述の彼女は、心配性の親がいても、「私は私の人生だから大丈夫」と子離れしない親から巣立ってしまえばよかったのに、と思わないでもありません。彼女は優しすぎたのでしょうね。「心配ご無用」これは大河ドラマで竹中直人さんが豊臣秀吉を演じたときの決め台詞。彼女と夫のいとこさんにも「心配ご無用」の言葉を送ってあげましょう。

追記　心配はしなかったのですが、不安はありました。夫の病気は治療法がないやっかいなものだったので、残念ながら助かりませんでした。この原稿を書いたときにはまだ元気でしたから、万が一読まれたときのことを考えて平気なふりをしていたのです。それでも、心配するより闘う（闘病）心構えをしたほうがよいと、今でも思っています。

衝撃軽減システム

前方にそびえる壁。ブレーキを踏まなくても、あっ、勝手に自動車が止まりました。

その正体は自動ブレーキシステム、この手のコマーシャルを見かけない日はありません。

本当に大丈夫なのか、実際に路上で試すのは勇気がいります。CMに出てくるような大きな障害物が見えても、それでもブレーキを踏まないなんて、現実には居眠りをしているか、突発的ななにかが起こった時以外には考えられません。

調べてみると、衝突回避のセンサーには3種類あるようです（メーカーによって呼称は異なる）。

ミリ波レーダー＝衝突しそうなとき、ブレーキ力をアシスト。ドライバーがブレーキを踏めなかった場合も、自動的にブレーキが作動

ステレオカメラ＝人も障害物として認識。ドライバーに注意を喚起。被害軽減をはかる

赤外線レーザー＝30キロ以下ならば衝突回避を自動ブレーキで支援

素晴らしいですね。しかしながら、実は問題は別のところにあるような…。

そもそも車は人が運転するものです。列車や飛行機と違って、どこででも走れるし、止まるのもスピードを上げることも、オートマ車であれば右足1本で可能。信号機や車線があっても、それはドライバーがルールを順守するだろうと好意的に解釈して設定されているものです。しかしなかには傍若無人に走らせる困った人もいるでしょう。お酒やある種の薬を飲むと判断力が低下する、常識なのに彼らはお構いなしです。何の根拠もないのに、自分だけは事故に遭わないと信じているのです。

交通量が少ない道でも事故は起こります。それも出会いがしらの事故が多いようです。視力や視野に問題がある人、マイペースな人のなかには、対向車はこないもの、相手が止まってくれるもの、人がよけてくれるもの、と都合よく解釈する人がいて自分からは減速しないのです。自分が操っているものが凶器にもなりうることに思いを巡らす想像力が足りないのかもしれません。運転能力が低下し、視力も視野も狭いと断言できる人でも、なぜか免許証は交付されているのが医者として不思議でなりません。人に安全を求めても自覚がないのだから難しい、それゆえ自動車メーカーは衝撃軽減システムの開発に力を注いでいるのですが、ぶつけられる側の人間はどうでしょうか。

車とぶつかっても負けないボディになる？　そんなこと無理です。

だったらどうしましょう？　危険を知らせてくれるブザー、これなら出来るかな。しかし目前に迫る車をとっさによけるのは健常者でもむずかしい。衝撃を受けると即座に膨らむ人間用エアバッグ、身代りになって立ちはだかってくれる保護ロボット。大袈裟な装備だと普及しないでしょうから、コンパクト、かつ廉価が条件。

車はいわずもがな、人間の能力を高める方法も開発されたらうれしいですね。視力や視野を拡大するメガネ。補聴器より優れた集音機。とっさのときに飛び上がれる特殊な靴。今は空想の産物でも日本の優秀な技術をもってすればできるかも。メーカーさん、盲導犬やシルバーカーを凌ぐ安全システムの開発を期待していますよ。

夢をかう（飼う・買う）男

くじ運の悪いわたしは買わないけれど、父と夫はジャンボ宝くじが発売されたと聞くやいなや、いそいそと売り場に並びます。

「外れる確率が高いのに、もったいない」と思うのですが、2人とも「ま、いいじゃない。夢を買っているんだから。1等が当たったら100万円くらいはあげるね」と意に介してくれません。

くじ運を上げるにはそれなりの努力も大切なようで、1度は大阪のナントカという1等賞がよく出る売り場まで連れていかれました。行ってみて納得です。長蛇の列で、熊本で見かけるささやかな販売所とは、窓口の数も活気も段違い。確率は同じでも分母が違うから誰かが当たる、当然でしょう。

夫が購入するのは、ほとんどが「た」抜きくじ（空くじ）ですが、それでもたまに当たるとニンマリし、(せいぜい1万円？　それ以上かもしれないが、教えてくれない)「今度は元を取った」とうれしそうです。

もし1等に当選したとして、そのお金は何に使いましょうか。100万円くらいであれば、美味しいお寿司やうな重を食べ、豪華な温泉旅館に泊まって、と想像を働かせることができるのに、それ以上だと手に余ります。

作家で大学教授の島田雅彦さんは、かつて「500億円あったらどうする」と学生にアンケートをしたことがあるそうです。1番多かった答えが、貯金。30％の学生がこう答えたので、島田さんはがっかりしました。Aをもらったのは1人だけで、彼はバイクやらパソコンやら欲しいものの一覧を価格付きで表示し、残りの499億数千万円を寄付すると答えたというのです。

島田さんによれば文学的知性とは500億の有効な、あるいは馬鹿げた使い道を思いつくということで、自分のカネである必要はありません。文化成熟度は元が取れそうなカネの使いかたよりも、どれだけ多様な、風変わりな使い方をしているかに現れるのだというのが島田さんの主張です。うーむ、それなら寄付よりも、世の中に寄与する方法を考えた方がいいのではないかしら。

まっさきに頭に浮かんだのは、イギリスの特撮テレビ番組「サンダーバード」でした。元宇宙飛行士で大金持ちのジェフ・トレーシーが国際救助隊を作り、ユニークなメカを操る子供たちと活躍する物語。とりわけ6輪のロールスロイスの後部座席で紅茶をたしなむペネロープには憧れましたね。美女で優雅、ヒロインはこれでなくてはいけません。

テレビの話とはいえ、欧米のお金持ちの夢（あるいは道楽）のスケールの大きさに圧倒されます。お金は使わなければただの紙屑、なにかに変えて初めて値打が出る。お金で買えない夢もあるけれど、目的があるのならば、お金はあっても邪魔じゃない。改めて夢と頑張るきっかけについて考えています

ちょっと・どうも

皆さんの口癖はなんですか。

あるときふと気が付いたのです。日本人はこの2つの言葉「ちょっと」と「どうも」が好きだなぁと。曖昧で、便利で、これしか日本語を知らないとしても、なんとかなるとさえ思えてきます。

《どうも》

①（否定語を伴って）どうしても「どうもうまくいかない」②判然としない。どうやら「どうも変だ」③全く「どうもすみません」④なんとも、いやはや「先日はどうも」

《ちょっと》

①わずか「ちょっと少ない」「ちょっと変だ」②軽い気持ち「ちょっとお茶でも」③まあまあ、結構「ちょっといい感じ」④（否定語を伴って）「ちょっとわかりかねます」⑤軽い呼びかけ「ちょっとそこの人」

マナーの本には「ちょっと待って」ではなく「しばらくお待ちください」と言うようにと指導されているけれど、普段の会話で「しばらく」を使うことは少ないでしょう。

しばらくは「しまらく（少しの間）」の転ですから、意味も微妙に異なります。「ちょっと待って」の「待て」が何分なのかと問いただされても困りますね。ちょっとの時間や距離は、それほど融通無碍（無礙とも）なのですから。

「どうも」になるともっと便利に使われていて、謝る時も感謝でも、どちらでも通用します。「どうも」はあいさつ代わりにもなり、頭をぺこぺこ下げれば、それだけでＯＫ。日本人は「なんとなく」分かりあえる民族のようです。

かく言うわたしも、気が付くと「ちょっと」を連発しています。誰かに呼びかける時には、「すみません」とか「ちょっと」あるいは「もしもし」と言ってしまいます。「もし」は「もうし（申し）」の転ですから、こちらの方が丁寧でしょうね。

さて、「なんとなく」が拡大すると、本来の意味から外れてしまうこともしばしばです。近年では若い人が「やばい」を良い意味でも使っています。本来「やばい」は、身に危険が迫るさまをいう言葉で、「やば」（不都合なさま）の変化した形なのですが、（例「やばい、すぐ逃げろ」）美味しい料理を食べても「やばい」らしく、わたしとしては面食らってしまいます。

まあ、そこは大目に見ましょう。困るのは「うっそー」です。

先日のあるニュース場面では、大発見をした教授に向かって学生が「うっそー」と叫んでいました。その声を聞いた教授の「嘘じゃない。本当だ」と困惑した顔が忘れられません。学生のうちは許されても、社会人になったら注意してくださいね。「うそ」も「やばい」も褒め言葉ではないのですから。

追記　患者さんのなかにも、病状や治療法を説明しているのに「うっそー」という単語しか言わない方がいらっしゃいます。本当のことを言っているのに、と情けなくなるのはわたしだけでしょうか。

もうサルには戻れない

「ヒトはサルから進化した?」子供の頃、進化論を耳にしたときの衝撃は忘れられません。子供心に不思議でならず、動物園にでかけて観察してみました。

確かに似ていなくもないですね。顔が平たく目が正面を向いていて、おどけた仕草はコメディアンのよう。でも全身毛むくじゃらで、脚は短く手は長く、木にぶら下がっているか、地上にいてもペタンと尻をつけているのです。

「あれは違うよ。ヒトじゃない」

大人になって分かったのですが、現在のサルがヒトに進化するわけではなく、直接の先祖でもありません。霊長類という分類にはメガネザルも含まれているし、ヒト科でいえばオランウータンも仲間、ヒト族ならチンパンジーも同類、我々がヒトと思っているのはホモ属で、さらに淘汰され生き残っているのは新人のホモ・サピエンスだけ。わたしたちはヒト科のなかのホモ・サピエンスだったのです。

「そうかぁ、サルがヒトに進化したのではなく、共通の祖先から分かれただけなんだ」と認識するまで、わたしのみならず、人類はかなりの時間を要したのでした。

チンパンジーが別の進化を遂げてヒトを支配するという映画「猿の惑星」が繰り返しリメイクされるのは、ヒト科の親戚としてサルに興味があるからでしょう。なんといっても彼らの身体能力はすごいのです。チンパンジーの握力は200キロ以上あると言われています。ヒトは男性でもせいぜい50キロくらいですから（100キロもあるとリンゴがつぶせる怪力と話題になる）、うっかり握手をしようものなら手をつぶされてしまいます。眺めるだけのほうが安全でしょう。

ヒトは直立2足歩行をする唯一の動物です。歩行や木登りに使っていた前脚が手となり、空いたのです。使わない手は手持ち無沙汰、間がもちません。あれ、と思う方は初期の人類になった気分で、裸で手をぶらりと下げて立ってみてください。どうです。なんだか心もとないでしょう。

服を着ていても手は戸惑っています。手ぶらでは心もとないから、ある人はポケットに手を突っ込み、ある人はたばこを吸い、荷物を下げています。頬杖をつく、腕組みをする、だらりと下がったままの手では落ち着かないから、何か仕事をさせなければ…。

というわけで、棒切れや骨のかけらを振り回すことから始まって、道具作りを思いついたのかもしれません。猿人から原人に至る過程で、すでに石器づくりが行われていたと推察されます。手は新たな役目を発見して、張り切ったことでしょう。道具作りはヒトの進化スピードを加速させました。今更サルには戻れない。食料確保に費やす時間が減った分、余った時間をどう使うか悩みが増え、退屈もヒトの敵になったのです。

そういえばスマホ片手に歩いている人も多いですね。手持無沙汰だからスマホでも、と手が欲しているのでしょうか。前を向くことなく、目線が手元、つまり下を向いて歩く姿はサルよりみっともない、いいえ先祖がえりをしているだけ？　次世代のヒトはサルに似る？　それだけは勘弁蒙ります。

つくし誰の子

春ですねぇ。心も軽く身も軽く、籠を手に、さあ野草を摘みに出かけましょう、といえたのはせいぜい昭和まで。大人になってからはとんとご無沙汰です。

子供のころは、ほんとうに「道草」を食っていました。家から玉名町小学校まで、たったの1キロ。まっすぐ歩いてゆくだけの道端にも、食べられるものがいくつも生えていたのです。

お気に入りは木苺。杉の新芽は青臭かったけれど、好奇心から口にしていました。甘くておいしいのは桑の実。でも最近は見かけませんね。

わらびやぜんまい、クレソンやセリは当時でもなかなかみつからない貴重品。対してノビル、フキノトウならば簡単に見つけることができました。フキノトウは庭の片隅にあったし、ノビルを摘むのは家のすぐ裏手、道向かいの玉名高校グラウンド脇の土手です。今でこそフェンスで囲まれていますが当時は生垣で、わたしたち子供も、学校に急ぐ生徒も土手を駆け上るので、自然と道ができていました。高校生でないわたしたちは、春には土手のノビル、秋はグラウンドで椎の実拾いに精を出していたのです。

香ばしくて美味しかった椎の実。あの木はどうなっているのかな。元玉名高校生の従業員に尋ねてみても印象にないのだとか。とうの昔に切り倒されていたのだとしたら、ああもったいない！

さて、問題のつくしです。最初につくしをつんだのは幼稚園の頃。父が八代に勤務していた頃の、家の隣、墓地の土手にそれはありました。弟と2人で摘んだものを祖母に渡したまでは記憶にあるのですが、はたして食べたのでしょうか。お墓に生えていたものなんて、と気味悪がられ捨てられたかもしれません。

大人になると場所を選びます。きれいな川の土手のつくしでないと摘みません。摘むのは簡単ですが、料理となると一苦労。袴を取るのに時間がかかるし、手が汚れる。それだけ苦労したのに、いざ食べるとなるとかさが減って、「たったこれだけ？」になってしまうので、ある意味ぜいたく品です。

ところでこのつくし。実というとスギナの子ではありません。スギナとはトクサ科の多年生のシダ植物。スギナと呼んでいる部分は栄養茎、つくしは胞子茎で、胞子を飛ばすと枯れてしまいます。見た目は別物なのに、地下の根茎ではつながっていたのですね。つくしのほうがスギナより先に出るので、スギナの子と勘違いされたのでしょう。

さあて、またまた難問が。「つくし誰の子　スギナの子」という歌詞は知っていてもメロディのほうは、とんと浮かびません。誰も歌える人がいないのです。五十野惇さん作曲となっていますが、ネットに載っている五十野氏のページには記録がない。はたしてこの歌自体、存在しているのでしょうか。それとも同じ題名のドラマの影響かな？春先からつくしに化かされたようで、スギナさん、どうか教えてくださいな。

子育ては大変だ！

ヒトは繁殖力旺盛な動物である。

最初にこの話を聞いたときは、「そんなばかな」と思いました。ネズミやウサギ、子沢山の動物はたくさんいます。対してヒトが1度に生めるのはせいぜい2人。少子化に悩む日本の住人としては、はてなマークしか頭に浮かびません。

話の根拠はこうです。1万年前、世界の人口は500万人くらいでした。それが17世紀には5億人、19世紀で10億人、近い将来には100億人まで増えると予想されています。これほど短期間に爆発的に増殖する動物はほかにはみあたらないというのです。

ネズミなどの小動物は天敵が多く寿命も短いので、たくさん産んでおかなくてはいけません。天敵の少ない動物、ゾウやヒトでは、生まれてくる子供は基本的に1頭と1人です。少なく生んで大事に育てるという戦略をとったのです。

もう少し踏み込んで考えてみましょう。ヒトの近縁、チンパンジーは13歳ごろから妊娠可能になります。産まれてくる子供も基本的に1人で、妊娠期間もヒトと大差ありません。違うのは授乳期間で、独り立ちできるまで4~5年も面倒をみます。チンパンジーは閉経がなく生涯出産可能なのですが、発情期が限られていることもあり、一生の間に育てられる数は多くないのです。

ヒトの授乳は1～2年で終わり、すぐに次の子を妊娠できます。独り立ちには程遠いのに、次の子を産むのです。つまり1組の親は常に複数の子育てを同時に行っているということになり、大昔の人類であれば、忙しくても食糧採集をやめるわけにはいきません。

ヒトと他の動物のそれとの違いは、子育てを祖母や仲間が共同して行うことだそうです。多くの動物は母親が死ぬと、子供もまた餓死してしまいます。ヒトであれば乳の出が悪い母親がいたとしても誰かが乳を分けてくれれば助かります。小さい子がいれば兄や姉が子守をし、祖母が母親の手助けをする、それがごく当たり前の光景だったのです。しかし晩婚化が進んだ近年では、母親も働いているし、祖母もまだ定年前で子供を預かる余裕がありません。しかも祖母世代にはより深刻な問題、介護が待ち受けています。「地域で子育て」は過去のものになってしまったのでしょうか。

チンパンジーの研究者松沢京大教授によれば「互いに助け合い、子育てをするのが人間」なのだそうです。となれば元気な退職者には、無理のない範囲でもう一度社会参加をしてもらいましょう。年の功を生かすのです。社会参加によって少しでも収入が得られれば、やりがいも生まれます。若者も、年長者も互いの声に耳を傾けましょう。未来が消えてしまわないように、人類の繁栄には助け合いが欠かせないのですからね。

追記　年金受給者を減らす目的もあって、70歳まで働こうと政府が音頭を取り始めたようです。（令和元年当時）たしかに元気な高齢者も多いのですが、生物年齢からいえば閉経後は老年期で、体に多少なりともガタがくるのは否めません。70歳まで働ける社会はよいとして、働かねばならぬ社会は好ましいものではないのです。ハッピーリタイアを楽しむゆとりがあるのが理想。そのうえで知恵や経験を次世代に伝えられる仕組みを考えましょう。実際のところ、介護や孫の世話でくたびれている高齢者も少なくないのですから。

肥後守（ヒゴノカミ）

「文房具屋さんで肥後守を買ってきてくれない？」

7年ほど前のこと、当時勤めていた20代男性の事務職員にこう頼みました。しかし彼はきょとんとしています。

「ヒゴノカミって、なんですか？」

今度はわたしが驚く番です。

「肥後守って、ほら、折りたたみ式の小刀で、鉛筆とか削るもののこと」

「だったら鉛筆削りを使えばいいじゃないですか」

いやいや、鉛筆削りでは円錐形にしか削れず思うような形にできないので不便でしょう。わたしの仕事は眼科医で、カルテに用いるのは両端が赤青の色鉛筆。好みの太さにしたければ、自分で削るしかないのよね、だから小刀が必要なの。

不承不承出かけて行った彼の手にあったのは、400円ナリの小刀でした。文房具店で肥後守と告げると、即座に持ってきてくれたそうです。それにしても男性でも小刀を見るのが初めてなんて、これこそまさにびっくりぽん。

もっともわたしだって普通の鉛筆には鉛筆削りを使います。しかし色鉛筆に限って言えば、途中で引き抜くと断面が汚いし、カッターナイフも事務用のものは刃が薄くて使いづらい。それならば子供のころに愛用していた小刀にしてみようと閃いたのでした。

結果は上々。もっともこの400円の小刀は本物の肥後守ではないようです。現在登録商標をとっているのは兵庫県の永尾かね駒製作所だけ。肥後守という名前も、発売当時取引先の多くが熊本だったゆえのネーミングで、熊本産の商品ではないらしいですよ。だとしても鉛筆を削るだけならばこれで十分。ささっと削れるし、さほど面倒ではありません。

実は包丁も砥石で研いでいます。もらった電気式のものよりは、砥石でさっと研ぐ方が、手っ取り早いのです。アナログな道具は電気代もかからないし、場所も取らないし、第一めったなことでは壊れません。それに引き替えパソコンなどの電子機器はデリケートなうえに、型遅れになるのもあっという間、修理代も高いのが困ります。何より癪に障るのは融通が利かないことで、「石頭」ならぬ「デジタル頭」にまいっているのはわたしだけ？（人工知能はこの難点も克服してくれるのか？）

もちろんすべての電気製品を否定しているわけではありませんよ。金盥よりは電気洗濯機、ほうきよりも電気掃除機、毎日使っている電子レンジは平成元年製で故障知らずの優れもの、この原稿を入力しているのもパソコンです。要は好み、でなくて使い分けでしょうか。最後に一言、小刀で鉛筆や木切れを削るのって面白いですよ。カッターナイフよりは危なくないと思うから、どうか一度はお試しあれ。

追記　肥後守を知らなかったのは彼だけではなかったようです。「それ、なあに?」と方々から尋ねられました。使ったことがないから小刀の便利さが分からないのかな?　サバイバルな場面では必需品なはず。それすら手に入らない緊急時には、昔の人のように石器をつくるしかないのでしょうね。

お札の顔

聖徳太子の姿から、あなたは何を連想しますか。

1万円札と答えた方は、おそらく昭和生まれでしょうね。

昭和59年まで、聖徳太子はお札の顔でした。どれだけ偉い人なのかは知らなくても、1万円札に顔がデンと印刷されるくらい「すごい人」だということは子供でも理解できます。しかしまぁ偉すぎて、というより1万円など手にしたこともない子供には、聖徳太子は縁の遠い人だったといえるでしょう。

あれはたしかわたしが小学校4年生の社会科の授業だったでしょうか。先生が「いま、日本で最も流通しているお札はなに」と皆に尋ねたのです。間髪を入れず答えが飛び交いました。

「板垣退助の100円札！」

20円あれば駄菓子屋で遊べ、ラーメンすら80円だった時代です。子供が手にするお札と言ったら100円でも大金。それ以上の高額紙幣なんて想像もつきません。

「違います。1万円札です。国の事業や企業の取引には億のお金が動くのですよ」

億といえば1万円の1万倍。そんな途方もない数が世の中に飛び交っているなんて…。世界は我々子供が想像するよりずっと広くて深いものらしいと、子供心にも驚愕したものでした。

海外旅行は夢のまた夢の時代、外国を知るにはテレビしかありません。チャンネルを回すと（その頃、テレビにリモコンはなかった）、そこにはバットマンやらサンダーバードという、外国の大金持ちが金に飽かせて超メカニックスーツや車を開発して悪を懲らしめ、人助けをする番組が登場します。ビジネスで成功した暁にはヒーローになるのが夢らしい。まだ終戦から十数年しかたっていない日本では考えられない世界があったのです。

今でもバットマンシリーズは作られていますし、個性的な超金持ちがスーツで変身するアイアンマンも人気者。アメリカはリッチなヒーローがお好きなようです。その伝統は今も生きていて、不動産王のトランプ氏が美人の妻を傍らに、大統領を目指しています（当時）。強いアメリカを復活させると息巻いているようですが、彼が大統領になったとき世界はどう変わるのか、実業家と政治家、いずれにおいてもスペシャリストになりうるのか、誰にも正確な予測はつきません。

さて、話を日本に戻しましょう。平成の紙幣からは聖徳太子のみならず板垣退助も岩倉具視も消えました。今や政治家より野口英世、樋口一葉、福沢諭吉という明治以降の文化人がお札の顔なのです。よりクリーンなイメージの人を選定したのでしょうが、貧乏に泣かされた樋口一葉が5千円札とは、なんとも皮肉な組み合わせ。しかも本人の写真よりもきつい顔に刷られており、美人が台無しといえなくもありません。もし彼女があの世でこのことを知ったら、さぞや苦笑いをしたでしょうね。

追記　トランプ氏はすったもんだの末、大統領に当選しました。世界中を見渡しても、政治には素人の元タレントや運動家を民衆は支持する傾向にあるようです。それだけ本物の、プロの政治家が少なくなったということでしょう。個人的には聖徳太子のような尊敬に値する人物がでてくることを願っています。

「で」の人より「が」の人へ

やっと来ましたよ、秋が。実りの季節です。何でもおいしく食べましょう。

腹ペコなら、なんだっておいしい。空腹は最高のソース（空腹にまずいものなし）。

でもこの成句は、まずいものでも空腹ならば美味しく感じるという意味ですから、ごちそうになっているときに使うのはご法度です。

メニュー表を広げて何を頼みましょうか。カレー、それともハンバーグ。どれにする？

「なんだっていいよ」そんな投げやりな態度でなくて、食べたいものを決めてくださいな。

「じゃあ、カレーでいい」で、なんて言わないで。ほかにも食べたいものがあるのなら、ほら、メニューを渡すから決めてちょうだい。

「だから、カレーでいい、と言っているだろう」

「で」ではしぶしぶ了解したとも受け取られかねず、「カレーが食べたい」よりも、相手に気を遣わせてしまうことでしょう。

「で」の人は、バイキングでも席に座ったままで、自分では料理を取りに行きません。「なんだっていいよ」というから適当に皿に盛ってくると、ちょっとだけつまんで、あとは箸をつけないのです。お気に召さなかったのかな、それとも男は味に無頓着であるべきと躾けられたのかな？　いずれにせよ残された料理は恨めしげに下げられてしまいました。ああ、もったいない。

「で」と「が」。「旅行にでも行くか」よりも「旅がしたい」のほうがより積極的に聞こえると思いませんか。「なんだっていい」という人は相手に選択肢をゆだねる奥ゆかしい人なのかもしれないけれど、自分のことは自分で決めてちょうだいな。

気乗りがしないとき、面倒くさい時、あるいは選択肢そのものの意味が理解できないとき、人は無意識に「なんだっていい」と言うようです。失敗を恐れるあまり、チャレンジをためらってしまうのかもしれません。それでは人生もったいないから、わたしなりに「で」を「が」に変えるコツを考えてみました。その一つが好奇心。もう一つが感動です。

自分が選んだものならば、たとえまずくても「ああ、失敗した。次からは頼まないようにしよう」と思えばすむことだし、おいしければ「ラッキー」ですよね。一方「なんだっていい」と他人に選択権を与えてしまったら、まずくても黙って食べるしかありません。「こんなまずいもの、食えん」と文句を言ってはダメ。おいしければ「うまい」。君に任せてよかったよ」と褒めましょう。褒めるのはお世辞ではありません。感動です。感動は自分のみならず相手の心も動かします。

実をいうと「で」の人はわたしの父です。「石橋を叩いても渡らない」が信条の父は、たとえ食べ物であっても積極的にかかわろうとはしませんでした。

そうそう、大切なことを忘れていましたよ。「が」の人はよく笑います。なにをやっても楽しそうです。楽しみは自分で見つけるもの。見つけるコツは好奇心。心が動いていないと、人生さえも干からびてしまいますからね。

冬支度

秋とは思えぬほど暖か過ぎた10月。室内では半袖で十分でした。そして11月。そろそろ冬支度を始めなくてはなりません。

夏物の洋服、布団、靴を片付けます。とはいえ冬にはまだ間があるので、今ならそう、合服（間服）に登場願わなくてはなりません。

タオルケットを仕舞って肌布団に綿毛布。薄手のコート。サンダルの代わりにパンプス。ブーツはまだ早いですね。肌寒い日と穏やかな日が混在していて、タンスでも押入れでも、秋と冬がせめぎ合っているようです。広くて余裕のある家ならばまだしも、収納場所が限られているアパートなどでは、これらの衣類や布団、暖房器具の始末は悩みの種。さてどうしましょう。

余分なものは持たない、3年以上着ていない服、使っていない物は思い切って捨てるべし、というのが鉄則。とはいえ…思いきる、これが難しい。まだ着られるものをゴミとして始末するのは気が引けます。バザーに出しても、型遅れの電化製品は迷惑がられるし、会社のネームが入った食器類やタオルは人に譲るわけにもいかなくて、困った、困った。

東京の狭い（熊本に比べてという意味）マンションに暮らしている知人に、収納はどうしているのかを聞いたことがあります。彼曰く、布団はいらない、毛布だけ。温度はエアコンで調節する、季節外れの衣類はクリーニング店に預かってもらい、部屋は寝るだけの場所と割り切る。ホテルに暮らしていると思えばそれで十分らしいのでした。

なるほど、確かにマンションは木造の家より暖かいのでストーブはいりません。わたしもマンションに引っ越した時、ストーブと電気毛布は始末しました。そのかわり加湿器と扇風機が必需品となったのです。結局、電化製品の数だけ見ればほぼ同じ。東京の友人はどうしているのかな？

祖母が元気だったころは、家庭菜園があり味噌も漬物も自家製でした。軒先には干し柿が吊るされており、果物は庭の木からもいで食べていました。冬支度はいまよりずっと大変でしたが、究極の地産地消で、安全、新鮮なものが食べられたのです。祖母が亡くなった今、庭は雑草に覆われて見る影もありません。タンスには着る当てのない祖母や母の衣服が残っています。残せるものなら残したいけど、わたしが死んだらあとの始末は誰がする？　何も持たないシンプルな暮らしのほうが、悩まずに済むのかもしれません。
この原稿を書き始めたのは11月初頭。しかし立冬を過ぎたら寒さが駆け足でやってきました。肌布団は早々に片づけて、毛布と冬のコートを用意しなくては。押し入れがある家に感謝。わたしには東京暮らしはできません。

追記　旅館では、夏でも羽根布団が敷かれていることがあります。エアコンで調節してくださいということなのでしょうが、エアコン嫌いの人には辛いこと。せめて薄手の肌布団を用意してもらえないでしょうかね。

ソウルフード

最近、よく耳にする言葉「ソウルフード」。本来はアフリカ系アメリカ人の伝統的な食べ物や料理、たとえばトウモロコシのパンやナマズのフライを指すのですが、日本では違った意味で使われ始めているようです。地元の人たちにとっての郷愁を感じさせる食べ物、それもソウルフードだと言われるようになりました。

日本人ならば、おにぎり、味噌汁は外せません。では熊本県民のそれは、なんでしょう。郷土料理店のメニューにはダゴ汁に一文字のグルグル、馬刺し、からしレンコンが載っています。しかしながら自分にとってのソウルフードかと言われると、「?」ですね。

熊本市内に住む友人に聞いてみました。

「太平燕（タイピーエン）」

給食にもあったし、誰でも知っているはずと彼はいうのですが、残念ながらわたしには記憶がありません。昔の玉名の小学校にはなかった、と断言できます。わたしが初めて太平燕を食したのはデパートの食堂で、それも30歳を過ぎてからでした。なつかしいというよりチャンポンを薄くしたような味に思えたのです。太平燕ファンの人、ごめんなさい。

「ラーメン」

うん、そうかもしれない。とりわけ玉名は熊本ラーメンの発祥の地を自負して、店ごとに味を競っています。それでも外食のラーメンはごちそうで、伝統的なソウルフードという感覚とは違っているような…。熊本市内と県北、球磨地方、天草では食文化も異なるはず。ユノ読者の皆様のソウルフードは何ですか。

わたしにとって郷愁を感じさせてくれる食べ物とは…きわめてマイナーだけれど、子供のころに食べていて、今はめったに食べられなくなったものです。

そのひとつが餡餅入りの味噌汁。父の好物で、正月の雑煮に飽きたらこれが出ていました。甘いあんこと味噌汁の塩気のハーモニーが美味しいのです。夫がゲテモノ扱いするので今では食べていません。しかし熊本のある地方では普通の食べ物らしいですよ。興味のある方はお試しあれ。

母の得意料理、ミョウガとキュウリ、大葉入りの冷汁。これも夫には不評で、またもや結婚以来縁がない。夫のソウルフードは伯母さん特製の呉汁だそうです。わたしも作ってみましたが、伯母の味とは違うとこき下ろされました。食べたことがないものの味を再現するのは不可能ですよね。してみると舌が覚えている味こそがごちそうなのでしょう。

ちなみにわたしの朝の定番はチーズを載せた食パンに、丸味屋のすき焼きふりかけをかけたものです。トーストしたパンにかけるとカリカリとした食感が保てるのでおいしいの。毎日毎日食べ続け、どれほど胃袋に収まったことやら見当もつきません。丸味屋さん、これを読んでいたら少しは褒めてくださいよ。表彰されてもおかしくないくらい買い続けているのですからね。

その道のプロ

プロとアマ、その違いはなんでしょう?

英文学者にして駄洒落の名手、小田島雄志さんの説によると、〈その道に苦労する人が玄人、その道を知ろうとする人が素人〉だそうです。(平成28年7月26日付け、読売新聞の編集手帳から引用)

この言葉はスポーツの世界にもあてはまりそうですね。オリンピックに出場する選手たちは以前なら「頑張ります」といっていたのに、今は「楽しんでプレーをします」と語るのです。

頑張るのは格好悪いと思うのか、それとも本音をいえないからなのか、「楽しむ=リラックスする」という意味なのでしょうか。対してプロの選手たちは引退会見の場において「楽しいと思ったことは一度もない」と口にすることが多いようです。スポーツは仕事。成果を上げれば収入アップ、怪我や病気でプレーできなければマイナス査定、最悪の場合クビ=失業、苦しくても逃げ出すわけにはいきません。

もちろんオリンピックの選手たちが遊びでやっているとは思っていませんよ。その昔、東京オリンピックのマラソンで銅メダルを取った円谷選手が重圧のために自殺したことを思えば、自分を追い込み過ぎず、肩の力を抜いて最上のパフォーマンスを演じられるように、あえて楽しむという表現をしているのでしょう。彼らだってその道の達人なのですから、それなりに工夫をしているはずなのです。

わたし自身のことを述べれば、高校生の時、歴史が好きだったので文学部の史学科を受験しようとしたことがありました。それなのになぜ医者になったのか。それは父の一言です。

「歴史で食べていけると思うか」

これにはまいりました。趣味と仕事は違う。生活のためには手に職をつけたほうがいい。わたしは歴史学者になれるほどの才能も根性もないが、医学部ならば受かるだろう。というわけで医者として生計を立てています。

そこで悟ったのは、「仕事＝辛い」だけではないということです。プロの選手にしても、たしかに現役時代は苦しいことの方が多かったでしょう。どのような仕事であっても常にうまくいくとは限らず、悔いが残ること、非難を浴びることも多々あると思います。しかし、ごくわずかでも「やった」とガッツポーズをとりたくなる瞬間がなかったとは思えません。失敗ばかりであればプロを続けていくことなどできないし、好きでなければ努力することすら難しいはず。持続もまた玄人の条件なのですから。

というわけで、医学以外は素人であるわたしは、好奇心の赴くままさまざまなことを知りたいなぁと思って日々楽しんでいます。仕事ではないからマイナス収支だけれど、それはそれ。人生を楽しむために、今日もまた素人の知りたがり屋を続けるぞ。

追記　野球のイチロー選手は、努力を続けることができるという意味でも天才でした。頑張れるのも才能の内なのです。

それもまた、旅

「趣味は旅行」と言い切りたい。これは願望。しかして現実は…。

昨年は地震と夫の病気が重なったせいで、出かけたのは1回だけ。それも学会出席によるものでした。11月の連休を挟んだ京都は宿を手配するのも一苦労。8月から申し込んでいたのに第1希望のホテルは取れず、やむなく旅行会社お勧めの、三条木屋町に新規開業した宿に落ち着いたのです。

新築だからきれいだし、観光が目的ならアクセスもまあ悪くない。しかし学会場からは地下鉄の乗り換えが必要で、第1希望だったホテルの倍の時間がかかります。これは辛いね。学会は出張で遊びではないから、パンプスに重い資料を入れたコングレスバッグというおよそ街歩きには適さないいでたちのうえ、当然ながら1人旅なので「ああ次に来るときは観光旅行がしたいなぁ」とぼやく羽目になるのでした。

それでも家から離れ、非日常の時間を持つという意味では、これも旅、と言えなくもありません。仕事で利用するのは利便性を重視したホテル、くつろぎたいときは旅館。わたしたちは無意識のうちにこの2つの宿泊施設を使い分けているのです。

ホテルにチェックインすれば、部屋は自分の空間です。誰も入ってこないかわりに、バスタブには自分で湯を張らなければなりません。1歩外に出たらレストランに行く時もパジャマにスリッパではダメで、内と外が完全に分かれています。対して旅館は建物自体がすでに内となります。仲居さんはお茶のみならず配膳も、布団さえも敷いてくれます。こちらは浴衣に着替えたら、ただ見ているだけ。バスつきであれば滞在中1歩も部屋を出ずともすべて事足りでしまいます。部屋に閉じこもりたいのならばホテルを、上げ膳据え膳で大名気分を味わいたい時は旅館を選んだほうがよいでしょう。

最近の宿は双方の利点をミックスし、ホテルなのに和室や大浴場を備え、旅館なのに食事はレストランで提供するところが増えています。旅の形態に詳しいホスピタリティ研究所所長井村日登美さんによると、今、もっとも活用されているのは簡易宿所（宿泊する場所を多人数で共用する構造及び設備を主とする施設を設け、宿泊料を受けて、人を宿泊させる営業で、下宿以外のもの）なのだそうです。

旅の目的が名所めぐりなのか、宿でのくつろぎか、それともグルメ、人とのふれあい、宴会なのか、目的によってお金と時間の使い分けをする時代になったのですね。たしかにオリンピックを控え日本を堪能したい人ほど、他人との交流と情報交換ができる旅の形態を好むのかもしれません。

でもわたしだったら…1人旅で疲れているときはホテルがいいな。すぐにベッドに寝ころぶことができるから。おなか貧乏のわたしには旅館の料理は多すぎて、残すのがもったいなく、罪悪感にさいなまれるのも辛いのです。ただしホテルの浴槽はくつろげない。温泉ではないから疲労回復効果もない。1人旅OK、旅館なのに和洋室、広々とした内湯つき、量より質の食事が選べる所が最高です。

天国と極楽

わたしは地獄と極楽に行ったことがあります。もちろんあの世ではなくて温泉の名前ですが、そういえば温泉天国といっても天国温泉とは普通言わないようですね。天国と極楽、似ているようで違う！　何かのＣＭのようですが、はたと気づかされたのです。

一刀両断に答えを出してくれたのは、天野祐吉著「私説広告五千年史」（新潮社）の中で引用されていた民俗学者の五来重さんの説でした。

「キリスト教では天国こそが現実性をもった理想の世界で、地獄は天国へ行けない罪人への誡めとしての存在である。これに対して日本人にとっては、地獄こそ現実性をもった恐るべき世界で、そこへ堕ちないための救済として極楽がある」

それで納得、天国のイメージが曖昧なのは、わたしが仏教徒だから、なのでした。

辞書を引くと天国とは、神や天使が住むという天上の世界で、キリスト教やイスラム教では信者の死後の霊が神から永遠の祝福を受けて迎え入れられるところ、とあり、極楽は阿弥陀仏のいる浄土で、一切の苦患（くげん）を離れた安楽の世界、西方浄土となっています。いずれの宗教でも地獄は救われない人、罪人が落ちる世界なのに対して、天国も極楽も天上にあることだけは共通ですが、どちらに行けるかは宗教次第のようです。

さらに言えば仏教でも極楽は浄土教だけが説くとあり、はるか西方の十万億土かなたにあって、ここちよい緑と光、音楽が流れる世界とされています。

天国も極楽も、いずれも神や仏の慈悲に満ち溢れたほんわかした世界らしいですね。ふーむ、もしそんな世界が存在するなら、あまりに刺激がなさ過ぎて惚けてしまうかも。（死んでいるから関係ないか？）。ゆったりとした世界が極楽で、刺激が、それも苦しく痛い方に強すぎる世界が地獄。とすれば、もちろん地獄には堕ちたくないが、極楽に行くのも早すぎないほうが良いような気がしてきました。

現身の世は刺激と無縁では生きていけません。じっとしていてもおなかは空くから食べ物を調達しなければならないし、生計を立てるためには働かなくてはいけません。働く必要がない大金持ちだったとしても、無為に過ごすのは退屈です。退屈は人間の敵、罹ってはいけない病。これを克服するために遊びやスポーツ、狩猟、調理、装身具を考え出したといえなくもありません。要するに刺激のない毎日では生きている実感がないのです。極楽でのゆったりとした暮らしも3日もすれば飽きるでしょう。退屈も惚けも、できることなら御免蒙りたい。

もう1度生まれ変わるというのはどうでしょう。戦争のない国で、愛情深い両親の元、頭も顔もスタイルもよい人に転生できたらそのほうが楽しいかも。あはは、罰当たりなお願いですね。閻魔様のおしかりを受けないように、まじめに生を全うします。

追記　動物や虫に生まれ変わるのはもちろん嫌。ですがもう1度人間をやり直すのも大変だぁという気がしなくもないですね。今より良い時代で平和な世界であるという保証はないし、贅沢を言わずに今を生きるしかないでしょう。しかしながら辛い人生しか送れなかったひとにとって転生は一縷の希望。「欣求浄土厭離穢土」の旗印を掲げずに生きていけるのは幸せなことだと感謝しています。

学び舎の思い出、とは？

春、4月、コートを脱いで面白いことを探しに行きましょう。この連載もはや5年目に入りました。その、記念すべき60回目のテーマは新年度にちなんで学び舎です。見慣れた景色を、もういちどチェックしてみましょう。

そもそも学び舎とは、学校・校舎のこと。義務教育だけでも9年間も学んだ場所です。しかしそれに見合うだけの思い出があるか、というと個人差が大きいのではないでしょうか。

ずっと以前「学び舎を語る」という企画で新聞社の取材を受けたとき、母校の、それも校舎にはなんの感慨もないことに気がついて、愕然としたことがありました。以来、学び舎はずっと気になるテーマなのです。

学生生活そのものは、そんなに楽しいことばかりではありません。授業内容も覚えていないし、同級生の顔もおぼろげにしか思い出せません。鉄筋の校舎は四角い箱そのもの。廊下があって教室があって、体育館やプール、運動場。お決まりの施設が並ぶばかりで、これといった特徴が感じられないのです。

その点、昔の木造校舎は個性がありましたね。雨が降ると戸が硬くなって、閉めようとするとガタガタいうのです。時計台があるのもなつかしい。四角い箱の校舎はベビーブームのころの、1クラスの人数が50名近くだった頃の名残なのかもしれないけれど、少子化が進んだ今では時代遅れの発想です。教科書と指導要領をあくまで遵守すれば、学校の特徴どころか先生や生徒の意欲を引き出すことすら難しいでしょう。世界に通用する学問を身に着けさせたいのなら、学校を好きになる工夫を凝らしてもよいのでは？

さて、唯一学校の違いを見た目で分からせるのが制服です。女生徒の制服は、とりわけ私学では学校選びの目安になるらしく、おしゃれになりました。セーラー服や黒の詰襟の制服を着られるのは生徒の間だけなのですから、子供のうちからネクタイにジャケットでは可哀そうですね。生徒の皆さん、今は気に入らなくても、学制服は期間限定のファッションなのですよ。貴重な10代の特権を楽しんでください。

校庭、ここにも個性が欲しいものです。

道向かいにある玉名高校には、正門の脇に大きな木が聳えていて、子供たちの絶好の木登りポイントとなっていました。秋になると、まだ誰もいない朝早く、祖母と運動場の隅にある椎の実拾いをするのも楽しみのひとつ。椎の実は炒るととても美味なのです。

今はフェンスで囲まれていますが、昔はどこからでも校庭に入ることができましたから、わたしにとって玉名高校は遊ぶところ。あまりに近すぎたせいで、別の高校に進学したため母校とはなりませんでしたが、もっとも愛着のある学校と言えるでしょう。

そこで学校関係者に提案です。学び舎での思い出を残すために、校庭には特徴のある花や樹木を植え、インパクトのある運動会や催事を考えてください。人生の中の最も多感な期間を、無難で平凡に過ごさせるのはもったいないことです。嫌なことがあったとしても、記憶に残る時間が持てたならば、それこそが学び舎。ただ在学していたというだけでは寂しすぎますからね。

追記　小中学校の校長は2年ほどで交代になるようです。これでは個性的な学校運営は難しいでしょう。

茶・ちゃ・チャ

熊本は知る人ぞ知る茶の産地。控えめな県民性のせいで、静岡や宇治、八女ほど全国区のネームバリューがないのが残念だけど、味では負けていませんよ。どこよりもおいしいと確信しているので、この季節、東北の友人への贈り物はすべて日本茶にしています。

さてその日本茶ですが、たった今、購入した真空パックを眺めていて、はてな、の疑問がわいてきました。

○○園の深蒸し茶・玉緑茶芳春・95gで1080円ナリ。

玉緑茶には釜炒りと深蒸しの2つがあるのですね。熊本茶と書かれているところをみると、各地の茶をブレンドしているのでしょうか。まあ熊本県人としては地元のお茶であれば細かいことは言いますまい。

蛇足までに茶について。

チャとはツバキ科の常緑樹で原産地はチベット周辺だとか。アッサム種と中国種があり、日本で緑茶といっているのは中国種。発酵させると紅茶になり、させないのが緑茶、発酵途中で釜炒りする半発酵茶の代表がウーロン茶。製造過程で全くの別物に変身するのが面白い。

またもや疑問が。米であればコシヒカリ・ヒノヒカリなど品種にこだわるのに、茶にも関しては一般には煎茶・玉露・番茶などの等級（さらには値段）や、あるいは産地名を購入の目安とするのはなぜでしょう。他の産地と熊本の茶の木は同じ品種なのでしょうか。味の決め手は品種でなく、産地や栽培方法、製造工程の違いによることが大きいのかな。

祖母が元気だったころは、少しだけ茶畑をもっていましたから、摘んだ茶葉を鍋で炒り、手揉みをして自家製釜炒り茶を作っていました。初夏は茶から始まっていたのです。毎日嗜んでいるお茶なのに、極めるとなるとこれまた難しいですね。わたしのような大雑把な人間にはほとんど無理。抹茶には茶道、煎茶にも道があり、湯の温度から礼儀作法、お菓子や懐石の食し方まで、覚えることが盛りだくさん。ポットからお湯をザーッと入れて、はいどうぞ、では叱られてしまいそうです。

ところで福岡県八女市星野村には茶の文化館があり、ここで供されるしずく茶は絶品です。丁寧に淹れられた茶葉は、飲んでも食べてもさすがに旨い。ただし上品すぎて、のどを潤すまでには至りません。茶はがぶがぶと飲むものではないようです。静岡の知人は茶の若葉を天ぷらにして食しているのだとか。産地ならではは味わい方で、うらやましい。

さらに歴史をひも解いてみると、鎌倉末期から室町中期まで、闘茶といって本茶（栂尾や宇治産）か非茶（その他の茶）を当てる遊戯が流行していました。熱中しすぎて財を失う人もいたそうです。茶のソムリエみたいなものでしょうが、見立てはともかく、茶を賭け事の道具にするのは、わたしだったら真っ平御免です。

さあ原稿も仕上がったことだし、ここらで一服、さきほどの新茶を味わうといたしましょう。お茶請けはもちろん羊羹です。

尊敬しています

わたしは医者で、それしかやったことがありません。履歴書はいたってシンプルです。たった一つの職業しか経験していない、わたしにとって密かな劣等感となっているのが、実はこれなのです。

世の中には様々な職業があって、それぞれのスペシャリストが存在します。そこまで極めていなくても、「これはわたしには無理」と思える仕事がいっぱいあります。

缶コーヒーのコマーシャルにもありましたね、他人の仕事は楽に見えるけれど本当はそうじゃないという話。全くその通りだと思います。一生懸命働いている誰かの姿を見るたびに、「かなわないなぁ、すごいなぁ」と、尊敬の念がわいてくるのです。

たとえば新聞配達の人。朝早くから毎日確実に届けてくれる、なんと有難いことでしょう。電線の管理やとび職の人。あんなに高いところで、時には強風にあおられながら、黙々と仕事をこなしている姿には感動します。料理に携わる人、繊細、ときには豪快な包丁さばきは芸術品です。教師、子供のころは憧れましたが、わたしには白墨アレルギーがあるらしく、チョークに触れることができません。粉まみれで授業中ずっと立ち仕事をされている教師の方々には畏敬の念すら覚えます。

どんな仕事でも、いつも楽しいことばかりであるはずがありません。ほとんどの人は自分の時間と能力を駆使して、報酬を得ているのです。そのうえ常に相手が存在します。自然と向き合う農業や漁業では、自分の努力だけではいかんともしがたい事態が発生することも珍しくありません。

昨年の熊本地震は我々に教訓を与えてくれました。熊本市内の自宅マンションも被害を受け、一週間は断水したので、その間は住むことができなかったのです。何より困ったのがトイレ。これだけは我慢できないから、玉名の実家に避難していました。倒れた家具も、なんとか元に戻せたたし、今は仕事にも支障ありません。生活再建のめどが立たず困っている人も数多くいらっしゃることを考えると、なんと恵まれたことでしょう。幸不幸は紙一重で、地震の時間と場所が違っていたらと思うとぞっとします。わたしに関していえば運が良かっただけと感謝し、決して慢心してはならないのです。

それにしても熊本県人はたくましい。「なぁん、こげんことぐらいで負けんばい」と力強く立ち上がる人が増えています。負けんばい精神の人には尊敬を、立ち上がるきっかけを模索している人にはエールを送りましょう。困っている誰かの力になる事は実際には難しいけれど、良いことも悪いことも生きているからこそ。「人生万事塞翁が馬」。神様は試練だけをお与えになるわけではない（はず）。時には楽観的になる方が、早く元気になれますよ。

追記　石川啄木の詩「友がみなわれよりえらく見ゆる日よ　花を買い来て　妻としたしむ」（一握の砂より）は、啄木が落ち込んでいる時につくったものだとか。わたしの尊敬は純粋に他人のすごさに感嘆しているもので、彼の詩の意味とは少々異なるようです。

徒歩5分

20年前まで、玉名市中の実家周辺では、徒歩5分の圏内に4軒のパン屋、3軒の本屋、スーパーもひとつありました。郵便局も特急の停まる駅も、さらに銀行も2行あったのです。それが今では、パン屋と本屋、スーパーも閉店し銀行もひとつだけ、駅も新幹線の開通に伴い縮小、かろうじてキオスクがあるのが救い（それすらも今はない）だといえましょう。車で5分ならコンビニもスーパーもあるけれど、徒歩では辛い。自転車やバイクも高齢者には危険すぎます。

市街地が拡大したせいで、生活に必要な店舗も市役所すら郊外へと移転していきました。書店も大型店舗のなかに組み込まれてしまい、車がなければ文化的な暮らしが送れません。免許を返納してしまったら、その日から生活がたちゆかなくなってしまうのです。

不便を解消する方法として玉名市ではあらかじめ連絡しておけば乗せてくれるタクシー制度を発足しました。ただ困ったことに乗車はできますが、降車できる場所が限られているのです。行きたい病院、店舗の前で止まるわけではなく予約が必要なことから、高齢者のなかには不便だとこぼす人もいます。「安いのだからそれくらい我慢して」というのが行政の本音でしょうが、生活者のニーズに応えるにはまだまだ問題がありそうです。

昭和の、車を持つ家がそんなに多くはなかった時代までは、買い物も付き合いもすべて徒歩。「ちょっとそこまで」が1里(4キロ)だった頃がありました。商店街は道に沿って長く続いており、お客さんも商店主も皆顔見知り。御用聞きがしょうゆや酒などの重いものを運んでくれるので、車がなくても不自由はしません。お隣さんと垣根越しに話すこともあったでしょう。それが今は個人情報保護により表札がないので、隣が誰かも知りません。買い物は籠に放り込んでレジで一括精算、レジ係はアルバイトの学生さんなので親しくなることもないのです。近所付き合いもなく、誰とも話すこともない暮らし。寂しいなぁと思うけれど、濃密な昭和の暮らしはアニメのサザエさんの中にしか残っていないようです。

「年寄になったら公共交通機関のある街中に住んだほうがよかよ」と、患者さんたちが話しています。庭のある田舎の家より、草むしりをしなくて済むマンションの方が楽だし、「手が届く範囲になんでもある」狭い家の方が掃除も簡単だからだそうで、これからは住まいも街もコンパクトに集約する方法を模索しなければいけないでしょう。もちろん実際に転居したり、街を再編したりするのは所有権がからむので難しいでしょうが、徒歩5分で何でもそろう町の方がエコで便利なはずです。徒歩10分なら1キロ弱、若い時は歩けても、年を取ったら車でなければチト辛いかも。怪我や病気で運転できなくなったらどうしましょう。とりあえずは足を鍛え健康を保って、歩くのが苦にならない体づくりを目指した方がよさそうです（未来では人工知能がすべての問題を解決してくれるでしょうか）。

追記　車は自動運転で、配達はドローン。これらすべてが近未来に実現出来たら、人間の労働者は必要なくなってしまうかもしれません。人間よりもコンピューターのほうが疲れないし正確だし、安上がり。医師という職業もＡＩに取って代わられる可能性が高いと言われています。そうなったら人間の存在価値はどこにある？　映画「ターミネーター」の世界観はスクリーンの中だけのことでありますように。

元気が仕事

コピーライターの糸井重里さんの家には、ブイヨンという名のジャックラッセルテリアの女の子がいます。ある日、糸井さんはふと思いついて、ツイッターに犬の写真を載せ、「わたしの仕事は元気でいることです」との文章を添えました。

元気じゃない犬や猫は仕事をお休みしているだけで、病気やけがをしていても「元気でいようとしている」も犬や猫もいるそうですよ（糸井重里著『抱きしめられたい』より）。この文章を目にしたとき、わたしもウンそうだよねぇとうれしくなったのでした。

元気と健康、似ているけれどちょっと違う。

病気でもないのにはつらつとした気分になれないときもあれば、持病があっても、辛いことがあっても、空元気をだせることもある。落ち込んでいても元気なフリを続けていれば、いつしか気力が湧いてくるかもしれません。いささか乱暴な定義ですが、「健康は状態・元気は気分」なのです。

動物に限らず、親も子供も家族は互いが元気であることが一番幸せなことです。親は仕事に打ち込めます。子供も何不自由なく勉学に遊びに熱中できます。ペットは、何もすることがないようにみえても、一緒に散歩するだけでも、人間と戯れ遊んであげることで、飼い主の心を穏やかにしてくれます。

わたしの本業、医師もまた元気でなくてはなりません。

医師の仕事は、体や心のどこかに不自由や障害を抱えて困っている人が健康を取り戻すためのお手伝いすること。自分のエネルギーをつぎ込んで、その分、元気になってもらうよう知恵を絞るのです。ですから1日が終わるとぐったりとしてしまいます。自分の中にあった元気が空っぽになるくらい仕事を頑張った日には、帰りの電車の中で熟睡してしまうことだって珍しくありません。

元気は気分、とはいえ体が資本には違いない。そのための準備も必要です。

朝、起きてすぐ15分ほどかけて自己流のストレッチをします。スムーズに体が動く日は上々。体が重い日は特に念入りに。ルーチンを怠ると、その日は頭まで冴えません。朝食は決まって10枚切りの食パン半分とコーヒーにヨーグルトに果物。暴飲暴食は慎みます。体重は36キロ前後をキープ。30年間まったく変動なしです。

それでも体調が思わしくない日には、空元気の出番となります。肺活量が落ちると声が小さくなるので、胸を張って腹の底から声を出すように努めます。表情が硬くならないよう、顔の筋肉もリラックスさせましょう。頬をプウと膨らませ、ニッと笑って見せて…この顔のストレッチは誰もいないところでやること。変な人だと怪しまれますからね。それでもしんどい日は、お風呂の中で歌います。

最近気に入っているのが（いまさらで恥ずかしいけれど）アニメ『忍たま乱太郎』の勇気１００％という曲。若くはないが老けこむには早すぎる。もう頑張るしかないさ、ですよね。

夢見るころ

〈年を重ねただけで人は老いない　理想を失うときに初めて老いがくる〉

これはサミュエル・ウルマンの「青春」という詩の一節。ダグラス・マッカーサー元帥がオフィスに掲げていたものだそうです。この詩をウルマンが書いたのは78歳の時でしたから、彼自身はいわゆる青春という年代ではありませんでした。

若ければ若いほどよく、年を取るのは嫌だ、とよく耳にします。どうして年を取るのが嫌なのか、「年を取らない＝死」なのだから、神様に感謝し生を享受しなければとも考えるのですが、それでも若い人の輝く肌を見た後で自分の鏡に映った顔を眺めると少なからずがっかりします。「ああ、もう少し若ければ…」かといって、今更20歳に戻りたくはありません。歌の文句ではないけれど、青春時代は楽しいよりも苦しいことの方が多いかもしれないからです。

20代は嫌だけれど、もっと前、少女時代に戻れるならば、わたしは子供のわたしに何を伝えるでしょう。

「もっともっと、いろんなことを経験したほうがいい」実感です。

「白馬に乗った王子様なんていないけれど、夢はみていいからね」そうそう、たわいのない、途方もない夢を見ることができるのは子供の特権。シンデレラや白雪姫に登場する王子様に憧れることができるのも、少女だけなのです。

そんなある日、突然、シンデレラが気になって本を借りてきました。浜本隆志著『シンデレラの謎』（河出ブックス）。ペローやグリムの童話、ディズニー映画のみならず、類似した話は世界中に散らばっているそうです。

基本は、①継母によるいじめ　②援助者の出現　③非日常世界としての舞踏会　④ガラスの靴などによる花嫁テスト　⑤結婚によるハッピーエンドで、ヒロインは美人、王子様はハンサムと相場が決まっています。ヒロインは特別な美人だからこそ、王子様に見初められるわけで、一般人ではないのです。

子供のころは魔法使いが現れて、きれいなドレスと馬車を与えてくれると思っていました。しかし残念ながらわたしには音沙汰なし。なぜ彼女のところにだけ幸運が訪れたのでしょう。美人だから？　可哀そうだから？　そういう運をもって生まれているから？

王子様が皆ハンサムで性格もよいとは限りません。見初められてハッピーになるという保証もないのです。シンデレラにすれば辛い境遇から抜け出ることができる唯一の手段が素敵な殿方に会うことであり、昔であればお妃になるのが女性として最高のステータスだったでしょう。でも今は、もっと素敵な人生の送り方もあるのではないかしら。

結婚だけが人生の幸せではない、これは経験者の本音。しかし反面それは強がりかもしれません。若くもなく美人でもないわたしが王子様から見初められる可能性はゼロだけど、夢だけは失いたくないですね。ウルマンさんも言っています。〈希望ある限り若く、失望と共に老い朽ちる〉希望があるうちはまだ若い、と思いたい。まだ人生にも王子様にも未練があるし…神様もう少しだけ、夢を見させてくださいませんか。

球磨にいたオオカミとクマ

「ニホンカワウソが対馬で生きていた？」

本当だったら、こんなにうれしいことはありません。ニホンオオカミも、九州では絶滅したと思われているツキノワグマだって、もしかしたら熊本のどこかでひそかに生き延びているかもしれないのですから。

江戸時代までは、オオカミもクマも確実に球磨地方にいました。球磨村神瀬の洞穴でニホンオオカミとツキノワグマの骨が発見されています。オオカミの骨は八代市泉町でも見つかっています。クマの目撃情報は現代でも時折耳にしますから、あるいは？と密かな期待をいだきたくなるではありませんか。

ニホンオオカミは、大陸やアメリカの個体とは異なり、大型犬くらいの大きさしかありませんでした。熊本市博物館所蔵の骨格標本をみても、「これが狼？」と疑いたくなるくらい小柄です。しかし遠吠えの声は大きく、イヌよりも力は強く、お犬様として信仰の対象になっていたそうです。そのオオカミも明治38年を最後に絶滅しました。当時はオオカミもカワウソも姿を消すとは思われていなかったので、生態の正確な資料がないそうです。失って初めて価値が分かる、よくあることですが残念ですね。

しかしながら球磨地方にはまだまだ珍しい生き物が生息しています。レッドリストに載っている貴重な動物たち、クマタカ、イヌワシ、フクロウの仲間などが、動物園の檻の中ではなく、確かに棲んでいるのです。彼らを守るにはどうしたらよいでしょう。

ペットとしてのネコやイヌは、人間とうまく共存して繁栄しているけれど（彼らが本当に今の境遇に満足しているかは別）、ツシマヤマネコのように、野生の、ネコ本来の気質を残す種は絶滅の危機にさらされています。オオカミが消えたため天敵がいなくなったイノシシやサル、シカが畑を荒らすのも困ったことです。生態系のバランスが崩れて、新たな問題が発生することを人間は予想できなかったのでしょうか。

人間には武器を作る知恵はあるけれど、「これをやったら、あとはどうなる？」と考える知性が足りないのかもしれません。明治大学教授の斎藤隆さんによると、知性とは「冷静な判断力」なのだそうです。短絡的な利益だけに流されず未来まで見越して行動することがすべての場面において大切なのです。それに地球は個人の所有物ではありません。畑や家として一時大地を借りているだけ、その地を去る時は元の姿に戻して返す。借家なら当たり前のことを我々も地球に対して行わなくてはいけないのです。

人間のためになってくれる動物、家畜や食料となる動物の数は増えていますが、野生種は減っています。彼らの目に人間はどう映っているのでしょう。「人間は己の都合だけで我々の価値を判断する。勝手なものだなぁ」。彼らがいなくなってしまわないうちに知性を働かせねばならない、そのときがきているとは思いませんか。

追記　対馬のカワウソは在来種ではなかったようです。朝鮮半島から泳いできたのでしょうか。もしそうなら、たくましさに感嘆です。

若い？

「いやぁ、お若いですね」といわれて素直にうなずけるのは、いったい幾つまでなのでしょう。

少年法でいう少年は満20歳未満の人。児童福祉法では小学校就学時から満18歳までの人。選挙権があっても少年扱いとは解せませんが、これは法律の話。

青年の定義もさまざまです。少年法では20歳から30代まで。「わかもの」と銘打ったハローワークの対象者は45歳未満。心理学では34歳まで。商工会青年部は40歳まで。おおむね不惑の年を境にしているようです。

お役所の定義はさまざまですが、一般にはどうやら自分の年を基準にしているらしいようですよ。自分が20歳ならそれより若年者は「子供」扱い、40歳になってもまだまだいける、60を過ぎるとさすがにシニア、前期高齢者の通知が届いたことで役所から年寄扱いされたと憤る方も見受けられます。気持ちだけは若くても体がついて行かなくなった頃から中年が始まるといってもよいかもしれません。

「若い！」と言われて悪い気はしないけれど、ある程度の年になると「青年」は面はゆい。幾つになっても熟達せず、「青二才」と呼ばれるのはもっと恥ずかしい。

古代中国では人生の周期を四季に例えたそうで、春は青、夏は朱、秋は白、冬は玄。そういえば熟達した人は玄人と呼ばれていますね。齢を重ねただけの老人、ではなく人生の玄人になりたいものです。

なぜくどくど若い話をしているかといえば、患者さんから「先生は若いから」と言われることが多くなったせいなのです。

本当に歳若の人には、改めて若いなどとはいわないでしょう。患者さんはお世辞をいってくださるのです。そのたびにわたしは「はぁ、○○さんよりはわたしの方が年下のようです」と弁解するのですが、たまに自分より生年月日が下の人から言われると、これまた「はぁ、どうも」と誤魔化すしかありません。わたし自身はまだ白の年代のような気がするのですが、銀行から「そろそろ年金のことを考えてはみませんか」などというパンフレットが送られてきたりすると、自分の年がいきなり現実のものとして迫ってきます。

ＰＧＦ生命が行った調査によると、今年還暦を迎えた人が実感する肉体年齢の平均は54歳、精神年齢は46歳。４割の人が実年齢より10歳は年若に見られたいと願っているそうです。実はわたしも気持ちだけは40代後半のつもり、鏡を見なければ、歳なんか関係ないと思いたい。暦のなかった時代であれば無論のこと、動物も歳を数えたりしないのですから年齢なんてないのも同じ。そういえばあと少しで暦が変わり、いやでも1つ年を取る。「めでたくもあり、めでたくもなし」無事に年を越せますように。

追記　この時点ではまだ平成で、ずっと続くと思っていました。平成生まれはもう若くはないのですね。次の元号まで生きていることができるでしょうか。長生きすればそれだけ多くの天皇を見ることになる、この感覚は日本だけですからね。世界に誇れます。

あこがれの○○

「若かりし頃」という企画に知人が載せていた写真。仲良く微笑む彼女たち夫婦の後ろに写っていたのは、あの、いすゞの名車117クーペではありませんか。正直、羨ましかったですね。1学年しか違わない彼女が所持していた117クーペ、それこそが若かりし頃のわたしのあこがれの車だったのですから。

免許をとってすぐの学生時代、わたしの愛車はいすゞのジェミニでした。1600のクーペからセダンへ、さらにスポーツバージョンのZZRと、ジェミニを3台乗り継いだのですが、本当に欲しかったのは117クーペなのです。しかし学生に手が届く車ではありません。医者になり、ゆとりができた時には車の販売が終了していました。以来、あこがれはあこがれのままで、ずっと心に残っていたのです。

現在のわたしには悲しいかな、もうあこがれの車、どうしても乗りたい車はありません。フェアレディZ、スカイラインGTRを30代で楽しんで、マニュアル車を卒業したら楽しめる車がなくなりました。いいえ、面白い車ならまだあります。わたしの体力と気力が、ついて行かなくなったのでしょう。

これもつい最近のこと。インタビューで「理想の男性」を尋ねられたのですが、はた、と答えに詰まりました。ときめく年頃を過ぎたためなのか、男性を意識することがなくなったせいなのか、理想の男性像を即座には思いつかなかったのです。

別の企画でも「いい男とは」と尋ねられたことがあります。しばし考え「いい男とは、付き合って楽しい人なのか、ルックスだけをさすのか、結婚相手としてふさわしい人の、いずれを指すのですか」と問い直すと、今度はインタビュアーのほうが黙り込んでしまいました。彼女も深い思案などなく、ただマニュアル通りに質問していただけだったのでしょう。

以来、よくよく考えて、理想の車とは「きびきびとした走りを楽しめるけれど、運転しても疲れない車」。男性の場合は「人の話に耳を傾ける柔軟な思考を持ち、清潔感のある人」かなぁと、なんとか言葉にする工夫をしています。テレビの向こうの、見るだけ男だったら、違う答えになったかな。恋人になるわけではないから、ハンサムで（ただしホスト系は苦手）、背筋が伸びていて、笑顔が魅力的な人がいいですね。俳優さんは役によってイメージを変えるから、どの人と限定はできません。あの番組の、あの役柄のとき、と細かくなってしまうからです。

お気に入りの作家は？　との質問も多いのですが、これも作家というより作品によりけり。食べ物も、たとえばアナゴは寿司ネタとしては好物だが、天ぷらになると苦手。豆腐ならば、湯豆腐は食べるがチャンプルーは敬遠と、同じ食材でも調理によって好みが変わり、どれ、と特定することはできません。そうそう、魚も刺身より焼き魚、昆布締めした江戸前寿司ならもっと好きと、いやはや、質問者泣かせですね。

150年後

過日、山口県立博物館に行ってきました。2月12日までの期間限定で奇兵隊士元森熊次郎の軍服と写真が展示されていたからです。由来が明らかな写真と服がそのまま残っているのは珍しいことらしく、軍服の肩には致命傷となった、銃で射貫かれた穴も開いており、24歳という若さで亡くなった彼の無念さが伝わってくるようでした。

さらにわたしの興味を引いたのは、段袋（だんぶくろ）と呼ばれるズボンを模した筒型の股引です。ズボンと異なり、ベルトではなく腰紐で締めるようになっています。たしかにベルトでは刀を差しにくいですよね。段袋は袴仕立てですから当時の日本人にも受け入れやすかったのでしょう。なにより着物は体型を選びません。過渡期の軍服として、格好はともかく、機能的といえます。

それにしても江戸時代はわずか150年前なのです。その頃の普通の人は皆徒歩で旅をしていたのです。飛行機に乗ればあっという間に世界中に行ける今の世からみると、隔世の感あり。しかし江戸末期に生まれた父の祖母は、昭和の初めまで生きていたので、父はもちろん言葉を交わしており、近所には鉄漿《おはぐろ》の女性もいたそうです。戊辰戦争に従軍した荘内藩士の孫の嫁に当たる人に取材したこともあります。107才の長寿を保ったその方と話していると、明治が目の前に生き生きと現れてくるようでした。100歳の人が1万人を超えている今日、一昔前はいつのことを指すのでしょう。

自分のことを振り返っても、50年以上生きているのですから、なんだか不思議ですね。世の中が大きく変わったようでも、今も地方に行くと汲み取り式トイレ、黒板にチョーク、ハエ取り紙も見かけます。昔のお膳も使っています。人間が入れ替わっても、使い方に変化がない限り物は残るのでしょうか。

電化製品が便利になっていく反面、昔のように火鉢でかき餅を焼きながら談笑し、カルタ取りや凧揚げで正月を祝った風景が消えてしまったのは残念です。エアコンは手軽ですが、皆でこたつを囲むような団欒には向きません。子供たちも1人遊びが主流のようで、わたしの子供時代に流行った鬼ごっこやドッジボール、ゴムとび、缶けりは空き地がない今では無理なのでしょう。

サッカーや野球のようなスポーツは盛んでも、あれは遊びとはいえません。遊びは誰でも、体格や技能にかかわらず参加でき、優劣を必要以上に競わないところがよいのです。正選手と補欠の格差が存在するスポーツは、できる子には面白いでしょうが、不得手な子には苦痛でしかなく、のびのび楽しんでいるようには見えません。親まで巻き込んで、休日返上で遠征に出かけるなど本末転倒です。先生方も疲れ切っているように見受けられます。

あれあれ、最後は小言になってしまいました。150年後の人に、この令和の時代がどう映っているのか興味津々ですが、自分の目で確かめるのは不可能なこと。どうか平和で良い時代だったといわれますように。

すてきな1日

「今日もすてきな1日だった」

その人の日記はいつもこの文言で締めくくられていました。50年以上も書き綴られた日記が途絶えたのは2016年4月16日、そう、熊本地震の日です。

日記の主は熊本県西原村に住む大久保重義さん83歳。16日の未明の地震で、自宅の2階にいた長男夫婦と孫2人は自力で逃げ出すことができましたが、1階で寝ていた重義さんと瑞子さん夫婦は建物の下敷きになったのです。胸部骨折の重傷を負いながらも、必死に助けを求めて叫んだ瑞子さんだけは、重機で屋根を撤去してくれた近所の人に救い出されて一命を取り留めることができました。しかし夫の重義さんは心臓マッサージも空しく、息を引き取ったのです。

そして5月初旬、入院中の瑞子さんの元に重義さんの日記が届けられました。最後の記述となった15日にもやはり「今日もすてきな1日だった」との言葉が…。

この、さりげない秘話は地元テレビ局で報道されたのですが、わたしはその番組を見ておらず全く記憶にありませんでした。しかしつい最近、その番組の司会者である女性アナウンサーが40代半ばにして退社を表明した際、理由として自身や母親の闘病体験とともに「すてきな1日」を書きつづけた男性のことに触れたことで、改めてこのエピソードを知ったのです。

足が震えるほどの衝撃を受けました。50年間、「今日もすてきな日」と言い続けられるなんて、いったいどんな人生を送った方なのでしょう。

大久保夫妻は決して裕福な家庭の人ではなかったようです。重義さんは沖縄などへも出稼ぎに行き、その間は瑞子さんが芋畑を守っていたといいます。辛いことも、愚痴を言いたくなることもあったでしょう。毎日が素敵な、楽しい日であるはずがありません。それでも重義さんは、日記に「すてきな1日だった」と書き記したのです。

最初に浮かんだのは「知足《ちそく》」という言葉でした。老子にある、身の程をわきまえて、むやみに不満をもたないことという意味です。重義さんは満足の基準が低いのではなく、今日ひと日、無事だったことが有難いと感謝の念を持ち続けていたのではないでしょうか。瑞子さんは「本当にあの人は1日1日を大切に生きてきた」「がまだしもんだった。苦労続きだったけど、幸せだった」と回顧しています。苦労の中にも楽しみやすてきな瞬間を見出せる、市井にも聖者がいるのですね。

重義さんのように悟ることは難しいけれど、地震と夫の死を経験した今ではわたしも人生観が違ってきました。明日がないかもしれないならば、やりたいこと、なすべきことを先延ばししないこと、とりあえず1日1笑で、愚痴と怒りは面に出さぬよう心掛けているのです（未だ修行中ゆえ、失敗ばかりですが）。

気になるあの人

どんな人かな、会いたいな、と気になる人はいませんか。わたしにも、もちろんいます。ただし歴史上の人物ですが。

1人目は、何をおいても聖徳太子。

天才で、仁徳者で、悲劇の人。子供のころから太子のお顔だけは知っていました。1万円と5千円、高額紙幣の顔は決まって聖徳太子だったからです。お札の顔、それだけで偉い、子供ですから単純に尊敬していました。何が立派なのか分かったのは大人になってからですが、そのころになるとお札の顔は文学者や思想家などの庶民になってしまい、政治家は敬遠されています。あの立派な髭の肖像画も実は後世の作で別人かもしれず、太子が存在しなかったと説もあるくらいですから、もはや太子の出番はないかもしれません。聖徳太子ではなく厩戸皇子と呼ぼうと提唱されたこともありましたが、尊敬に当たる人をむげに否定するのも寂しいですね。伝説そのままではないにしろ、太子がいたと思いたい。ヤマトタケルと聖徳太子は古代世界の2大ヒーロー。憧れの人でいてほしいのです。

次に気になるのは楠木正成。鎌倉時代からから南北朝にかけての武将です。大楠公とよばれ、忠臣の鏡とされている人物ですが、わたしが気になるのはその点ではありません。彼の行動倫理に興味があるのです。なぜ挙兵したのか、負けると分かっていた湊川でなぜ最後まで戦ったのか。司馬遼太郎さんは、正成は宋学を学んでいた教養人であり、歴史意識を以って行動していたと分析しています。そして、「非常に不思議な人ですね」と語っていますが、わたしもまったく同感です。天皇に忠義を、というより、自分の行動がどういう影響を与えるかが分かっていて、己の美学によって戦った人。利害だけで動くことが多かった当時の武将にあっては珍しい人です。

実は会いたいけれど、会いたくない人ナンバーワンなのも正成。ドラマでは決まってむさくるしい人が正成を演じているので、もしドラマのような冴えない顔をした人だったらと思うと、怖くて実物を直視できません。さりながらタイムマシンがない今の世で、その心配は無用のこと。写真のない時代でよかったね。

ドラマでは美男子とされる源義経も、実際は反っ歯で小男だそうですし、頼朝も顔が大きく不格好だったようです。美人の代名詞、小野小町は如何？　美人の基準は時代でも違うし、好みの個人差も大きい。見ない方が賢明ですね。

世界に目を向ければアレキサンダー大王とイエス・キリスト。もっとも世界に影響を及ぼした人たちを見てみたい。こちらも絵の中の顔を本物と信じていたほうがよさそうですよ。キリストが金髪で優しい顔に描かれているのは、もしかしたら信者、とくに女性を意識して理想の男性像を表しているのかもしれません。仏様も柔和な顔ですよね。信者としては近寄りがたい人よりは、自分を救ってくれる、安心感のある顔の方が好ましく思われます（もちろんこれは私見です）。

現実に戻って、独身に戻ったわたしが会いたいのは、白馬の王子様よりも、人生観を共有できる素敵な誰か。そんな人がいつ現れても恥ずかしくないように、女を磨くことに努めます。それが太子ほど魅力のある人物でなくても、夢だけはみていたいですからね。

帯状疱疹・奮闘記

ついに罹ってしまったのです、帯状疱疹。6月1日、夫の1周忌に合わせるように発病し、6月は病のためにすべての行事を棒に振ってしまいました。

罹った場所も悪かった。三叉神経の第一枝。右頭部から顔面、瞼の上から鼻にかけて、最もできやすい場所ではあるのですが、何より困るのは目立つこと。額のぶつぶつ（発疹）は化粧でごまかし、開かない目はガーゼで隠し、患者さんに「どうされたのです？」と尋ねられたときには、「いやぁ、粗相をしてしまいまして」と苦笑いをすると、ほとんどの方が「はあ」と妙に納得して、それ以上は追及されなかったので助かりました。

帯状疱疹は痛いと聞いていたのですが、本当ですね。抗ウイルス剤を飲み始めた翌日から発疹が額に出現。鎮痛剤では痛みは治まらず、点滴を開始。これが5日間。点滴のお蔭で発疹が水膨れにならずにすんだのは有難かったのですが、回復は牛歩の如し。3週間目、以前にもまして強烈な頭痛が襲い、あまりの痛さに耐えきれずペインクリニックを受診。倍量の鎮痛剤（リリカ）ともう1種類の鎮痛剤（ノイロトロピン）、抗うつ剤（トリプタノール）、五苓散などを処方されました。

最初の数日間は薬のため、運転していてもセンターラインが二重に見えるし、ふらついてしっかり立てないなどの症状があったのですが、これは慣れるしかないそうです。薬づけの状態から解放されたいけれど、それまで我慢、我慢。半年は禁酒だとか、これは辛いね。

さて、帯状疱疹を引き起こす元凶は水痘・帯状疱疹ウイルスです。

子供のころ水ぼうそうに罹った人は、治ってもウイルスは神経節に潜んでいます。元気な時はおとなしくしているウイルスも、過労や加齢・免疫力が低下したと見るや、再び隠れていた神経節の神経に沿って（常に片側）皮膚と神経を攻撃するのです。

わたしのように額から頭、目の周囲にかけて発疹が出た場合はもうひとつ注意事項があります。目に感染してしまうと、角膜炎や虹彩炎、最悪の場合、急性網膜壊死を起こして失明する危険性もあるので、充血が気になる時は眼科を受診しましょう。わたしの場合も鼻に発疹があったためか、軽い虹彩炎を起こしていました。これは点眼液で治ります。

顎から耳にかけての帯状疱疹の場合は、難聴や顔面神経麻痺を、外陰部に近いと尿閉（尿がでにくくなる）を起こすかもしれません。帯状疱疹は治っているのに発疹ができた部位がいつまでも痛むようなら帯状疱疹後神経痛（ＰＨＮ）を疑いましょう。

さて、わたしの失敗は水ぼうそうに罹っていないから安心だ、と思い込んでいたことに尽きます。帯状疱疹ワクチンがあるので、早めにそれを打っておけばよかったのです。病気にはまず予防、これしかありません。発病したのは夫の1周忌直前で、それまでの疲れがたまって免疫力が低下していることに気付かなかったことも失敗でした。

帯状疱疹に苦しんでいる間に、15年間飼っていた犬も亡くなるしで、踏んだり蹴ったり。はやく厄払いをしたいものです。

小さい秋見つけた

8月と9月はあまり違わないけれど、9月と10月とは、わたしの中では、はっきりと線を引くことができます。

9月までは半袖、日傘が必需品

10月になると、日陰より陽だまりが恋しくなる。日の出が遅いので早起きが辛くなり、日の入りは早いので夕方の散歩がおっくうになる。大好きなゴーヤやオクラの姿が店頭から消え（売っていても、おいしくない）代わりに、栗や梨、サンマなど秋の味覚が食卓を飾る。

要するにだらだら名残惜しそうに居座っていた夏がきっぱりと去り、秋が自己主張を始めるのが10月なのです。

そういえば子供の頃、「小さい秋見つけた」という歌の中に「よんでる口笛　モズのこえ」というフレーズがあって、それがなぜ秋なのか疑問だったのですが、気象庁の発表によると、今年の熊本のモズの初鳴きは9月11日、関東の銚子では9月28日だったそうですから、確かに関東ではモズは秋を告げる鳥なのでしょう。

わたしはもちろん昭和生まれで、それだけでもおばさんみたいですが、来年からは平成も昔になってしまいます。新しい元号生まれからが新人。いやはや時代の流れの早いことといったら…。

とはいえ、昭和もよいところはありましたよ。運動会は10月と決まっていて、受験生である高校3年生でも運動会の目玉、仮装行列の準備に熱をあげ、夜遅くまでリヤカー相手に造作を施し、女生徒もおもいっきり仮装を楽しんでいたのです。受験勉強は運動会が終わってからが本番。弾かれたように勉強に精を出し、暗記できるものは一夜漬けで強引に頭に入れる。なにしろ今まで遊んでいたので頭はからっぽ、隙間だらけですから、多少の暗記モノは何とか押し込めば次の日くらいまでは頭に残っていてくれるのです。（その代わりテスト終了と同時にすぐ忘れる。次の試験が待っているから）

その点、5月に早々と体育祭を済ませ、夏休みも塾に通い、1年中勉強している今の生徒さんは可愛そう。そんなに集中力は続かないですよ。トコロテン式に詰め込んだものが押し出されてしまわないか老婆心ながら心配します。少なくともわたしには無理。いやぁ、昔の人でよかったな。

話がそれました。秋、そう秋の話でしたね。

10月を飾る行事、昔ならお祭りなのでしょうが、意外と熊本では秋祭りが少ないのです。田んぼの守護神カカシやコスモスのほうが記憶に残るかな？　もっと秋！　を感じさせるものが欲しいですね。

わたしの秋は、例年なら10月中旬の学会のみで行事が終了してしまうのですが、今年だけは同窓会など、でかける用事がチラホラ、特別な秋になりそうです。同窓会には何を着ていこうかな。秋のおでかけファッションって意外と難しいと思いませんか。茶系の服ばかりでは味気ないし、昼と夜の寒暖差が大きくて悩ましい。今、この原稿を書いている窓の向こうでは台風の風と雨が賑やかな音を立てています。ほんとうに気難しい季節、それが10月。台風が去ったら冬支度と大掃除の前倒しをはじめましょう。

大吉だったのに

平成生まれの新人を「へぇー若いのね」とからかっていたのも束の間、来年は新元号が登場するのですから、いやはや…。昭和が遠くなるはずです。

思い起こせば1年前の正月、平成29年は夫の死去をはじめとする怒涛の日々でしたから、今年こそは良い事が起きますようにとおみくじを引いたのです。1回目は福岡の宮地嶽神社で、2回目は熊本市の北岡神社で。

神籤を引くのは毎年1回きりなのですが、今回だけは2回チャレンジしました。なぜなら宮地嶽神社の籤が大吉だったからです。それだけだったら「めでたし、めでたし」なのですが、帰ってから確かめると、ずいぶん前に引き当てた大吉と全く同じ文言の籤で、「あれ、もしかして同じ籤がいくつも入っているのかな?」と少々不安になったからなのでした。

北岡神社の籤を引くのは今回が初めてなので、ちょっと緊張します。しかして文言は…またしても大吉。大吉2連発とはなんとまぁラッキーだこと。さぞや良い年になるだろうと期待したのですが、12月に至るまで実感がない。

2月に父が倒れ、6月、夫の一周忌の法要直前にわたしが顔面の帯状疱疹に見舞われ、同じく6月に15歳のおばあちゃん犬だったキャバリアの「フク」が死に、11月、またしても父がS状結腸のせん孔による腹膜炎で緊急入院、いまだに退院できていません。あれやこれやで、毎日ジェットコースターに乗っているような目まぐるしさ。これが大吉の1年なの？

いいえ物事は何でもよい方に解釈しましょう。

倒れた父を警備会社の人が見つけてくれたから最悪の事態にならずにすんだのだし、2回目も金曜日の朝の発病で緊急手術が受けられたのは運が良かった。フクも、亡くなる2日前まで普通に暮らしていて、強いて死因をあげるなら老衰だろうから、苦しむ姿を見ることがなくて有難かった。帯状疱疹にはまいったけれど、跡が残らず治ったのでよしとしよう。平成30年も残り1カ月。とりあえず大過なく暮らしているからこれ以上贅沢を言ってはいけないね。

お神籤は大吉でも、なんでも叶うとは書いてありません。

運勢には「時を得　龍天に昇るが如し」とあるけれど、身を正しく持ちなさいとか、慎むがよし、とか、一心に勉強すれば吉、というように、慢心を戒める言葉も並んでいます。良いことがなかったのは行いが天意に沿わなかったからだと反省すれば、次からは運が好転してくれるでしょうか。

しかし今年もまだあと1カ月はある。うれしい知らせ、楽しい出来事を、神様ぁ〜待っていますからね。出産だけは「安し心平易にすべし」となっているけれど、これはわたしには関係ない。残念！

追記　いつも門扉の前で出迎えてくれた犬が亡くなったのは寂しかったですね。父の身代わりになったと思えばあきらめもつきます。

バッテン・いだてん

熊本は玉名出身、金栗四三さんが主人公の大河ドラマ「いだてん」。

視聴率に苦しんでいるようですが、いやぁなかなか面白いですよ。ただ頑張りすぎて物語の登場人物をやたらと増やし、複雑にしたのがいけなかった。視聴率低下の最大の原因は、なじみのない時代と登場人物が複雑に交錯する脚本にあると睨んでいます。幕末や戦国時代が舞台のドラマならば、1回や2回見逃してもストーリーはつながるのに、「いだてん」はテンポが速いから、ぼーっと見ていると、なにがなんだか分からなくなってしまいます。いわば視聴者に緊張感をしいる実験的なドラマでもあるわけで、後年は評価されるだろうとひそかに期待しているのですけどね。

それにしても金栗さん。セリフに「バッテン」が多いですね。熊本県民ならば違和感はないのですが、それにしてもこれほど頻繁に使う言葉なのかな、はて？

標準語にすると「しかし」「だけれども」になるでしょうか。「しかし、しかし」をあまりに多用されるとうるさい！　と思ってしまいそうです。これが薩摩言葉で「じゃっどん」と言われても気にならないような…。西郷さんは薩摩人でよかったね。肥後藩の人だったら大物になっていなかった、と断言できます。

言葉の力が大きい人といえば坂本龍馬。龍馬フリークの武田鉄矢さんによると、「土佐訛りには人を動かす響きがある」そうですよ。

たとえば「このままではいけないのであります」と「このままではイカンぜよ」では迫力が違うし、「おっしゃる通り」が「げにまっこと」、「言っても駄目」で説得できなくても「言うたらいかんチャ」となれば、口にするだけでも、気分は龍馬。

熊本弁だったら「こんままではデケン」「そぎゃんですね」（ドラマの四三さん、これも多用しています）になるのかな？　熊本と言っても広いし、方言にも地方差があるし、だから言葉は面白い。方言は第2の言語です。（東京人よ、うらやましいだろう）

ところで先の熊本地震では、最初の「がまだせ」というフレーズがのちに「負けんばい」に変更された経緯がありましたね。わたし自身は、辛い状況になった時には、「がまだせ」と叱咤されるよりは、負けるな、のほうがうれしいな。

悪口はいくらでも思いつくけれど、人を元気にさせる言葉はなかなか難しいもの。薩摩が舞台のドラマでは「泣こかい、飛ぼかい、泣こよかひっ飛べ」というセリフが飛び交って、なるほど薩摩人はポジティブだと感心したのですが、熊本ではこれに匹敵する言葉はなんなのでしょう。

議論好きで、考え過ぎるあまり行動力に欠けるきらいがある熊本県人。「迷うくらいならやってみろ」と失敗を恐れぬ気概を金栗さんから見習いたいものです。

ともあれ金栗さんは「とつけむにゃあ」人物。バッテンより、こちらが今年の流行語大賞になったら愉快ですね。出でよ、現代の「とつけむにゃあ」熊本人。「がまだしもん」にエールを送りましょう。

美人住みける裏長屋

「行水や　美人住みける　裏長屋」

いやまったくその通り、と膝を打ったあなたは大正あるいは昭和の人。行水も長屋も知らないよ、とのたまうのは平成の人でありましょう。この句の詠み人は正岡子規、生年の1867年は江戸時代の尻尾、翌68年が明治元年ですから、明治と共に生きた俳人です。明治の美人は、どんな顔？　有難いことに幕末からすでに写真が存在しています。簡単に当時の美人の姿を拝見できるのです。

感想は…。やっぱり美人を見るのは楽しい。目の保養になる。とりわけ外務大臣陸奥宗光夫人、亮子さんは震い付きたくなるほどの美しさ。写真が残っていてよかったね。

世界3大美人はクレオパトラと楊貴妃と小野小町だそうです。エジプトの女王と玄宗皇帝の愛妃に日本を代表する歌人。いずれも裏長屋の住人ではありません。地位とお金がある人たちですから、金と時間に糸目をつけず磨き上げていたはず。庶民である子規には高根の花です。

彼女たちが本当に美人だったかは問題ではありません。美は移ろいゆくもの、ならばできるだけきれいなまま、時間を止めていつまでも憧れの人でいてほしい。そういえば小町は今もって後ろ姿しか描かないことになっているでしょう。「絵にも描けない美しさ」美は主観ですからね。

わたしにとってのナンバーワン美人は、古代エジプトの王妃ネフェルティティです。ベルリンの博物館にある胸像は理想化されているので、真の姿かどうかは不明ですが、4000年以上前と今、美の基準が一緒なのには驚きます。首がすっと伸びて、きりりとした顎のラインがすばらしい。現代のハリウッド女優だといっても通用することでしょう。

そうそう、もっと大事なことがありました。秘すれば花。何事もあからさまになりすぎると興がそがれます。子規の俳句でもポイントは「行水」。盥を持ち出して庭で水浴びをしている女性を、垣根越しに覗き見をしているのです。

長屋で評判の器量よしが、一糸まとわぬ姿で行水をしている。それを子規がこっそり眺めているわけです。肝心なところは見えない、だから想像逞しくできる。美人というのは手が届きそうで、なんとか口説けそうで、しかしながら自分のものにしてしまってはつまりません。ましてや隣の熊さん八つぁんの女房になるなんてもってのほかです。

妙齢の女性の後ろ姿を描いた句。いやぁ色っぽいですねぇ。

前述のへんてこな子規の句は、天野祐吉編、南伸坊絵の『笑う子規』（ちくま書房）から採りました。ポーラ文化研究所編による『幕末明治美人帖』（新人物文庫）には美人の写真が満載です。ちなみに明治40年、日本初の写真による美人コンテストで1等に輝いたのは、女子学習院中等部在学中の福岡出身末松ヒロ子嬢16歳。賞品はダイヤモンドの指輪だったとか。兄が無断で応募した結果だったのですが、在学中だったことで問題になり、自主退学を余儀なくされました。美が評価されない時代でもあったのですね。

あとがき

「ＪＵＮＯ（ユノ）に面白い話を書いてもらえませんか」

協和印刷の福司山さんから依頼があり、「それなら」と気軽に引き受けてはや70回以上。最初のころは夫も父も、愛犬のフクも元気でしたし、わたし自身も平穏な日々を送っていましたから、肩の凝らない話を楽しんで綴っていたのです。

「天井から目薬」（思うようにならなくてもどかしいこと）、まったくその通りですね。文中で述べたように、夫が死去、翌年父が倒れ、その次の年、15年飼っていた犬まで亡くなり、子供のいないわたしはひとりぼっちになってしまいました。熊本地震に相前後し、人生が一変してしまったのです。

「明日の命は分からない」、それゆえ毎日がとても大切に思えてきました。生かされていることに感謝し、些細なことにもより深く感動するようになったのです。人生はまさに「塞翁が馬」ですし、医師が職業のわたしは「元気が仕事」でなくてはいけません。ポジティブ思考のわたしですから、おいしいもの、珍しいものを見聞きしたときは言うに及ばず、青空や流れる雲を眺めるだけでも、幸せな気分に包まれます。生きていることはなんと素晴らしいことでしょう。

橘曙覧が歌に詠んだように、「たのしみは」はすぐそこに転がっているのです。幸せもおのずから感じるもので、他人が与えてくれるものではありません。ユノの原稿を書くことは、些細な、それでいて大切な楽しみや面白さを探す作業でもありました。「すてきな」日々を送りたい。くよくよなんかしていられないではありませんか。

機会を与えてくださった協和印刷の福司山芳弘さん、ちえ美さんご夫妻には深く御礼を申し上げます。熊日出版の今坂功さんにもお世話になりました。なによりもこの本を手に取ってくださった皆さま、ありがとうございました。わたしの面白いもの探しはこれからも続きます。どうか期待していてください。それではまた、ＪＵＮＯ紙上でお目にかかりましょう。

この本を亡き夫中島敏博、闘病中の父由富章一、愛犬フクに捧げます。

＜著者プロフィール＞

由富章子（よしとみ　あきこ）

父の勤務（植木町立病院）の関係で出生の地は植木町（現熊本市）。幼少期は八代市で、小学校からは玉名市で育つ。熊本高校、埼玉医科大学卒業後、九州大学附属病院眼科学教室で眼科を、平成元年から玉名市の由富内科眼科医院勤務の傍ら、熊本中央病院、熊本県総合保健センターで内科の研修も行う。現在は院長。

主な作品として、野外劇「田原坂燃ゆ」、ラジオドラマ「季長まいる」、テレビドラマ「八郎の壺」、医学エッセイ「おもしろ医学館」、「顔の言い分　手の言い分」、「なるほど人の顔は面白い」、「診察室うふふ日記」、人間観察エッセイ「世間はヒトで出来ている」他多数。

天井から目ぐすり

発行　令和2年（2020）4月7日

著者　**由富　章子**

編集　熊日出版（熊日サービス開発㈱出版部）

制作　〒860-0823

熊本県熊本市中央区世安町172

電話096-361-3274

http://www.kumanichi-sv.co.jp

装丁　内田　直家（ウチダデザインオフィス）

挿絵　財津　友子

印刷　株式会社協和印刷

日本音楽著作権協会（出）許諾

第1911551-901号

ISBN 978-4-908313-59-2 C0095